Robert Gruendler

Ueber den Gebrauch einiger Präpositionen bei Curtius

Antigonos

Robert Gruendler

Ueber den Gebrauch einiger Präpositionen bei Curtius

Unveränderter Nachdruck der Originalausgabe von 1874.

1. Auflage 2024 | ISBN: 978-3-38635-123-2

Antigonos Verlag ist ein Imprint der Outlook Verlagsgesellschaft mbH.

Verlag: Outlook Verlag GmbH, Zeilweg 44, 60439 Frankfurt, Deutschland, info@outlook-verlag.de
Vertretungsberechtigt: E. Roepke, Zeilweg 44, 60439 Frankfurt, Deutschland
Druck: Libri Plureos GmbH, Friedensallee 273, 22763 Hamburg, Deutschland

Jahres-Bericht

der

Real-Schule I. Ordnung

zu Tarnowitz

über das Schuljahr 1873/74,

womit zu der

am 27. März stattfindenden

öffentlichen Prüfung

im Namen des Lehrer-Collegiums

ergebenst einladet

der Director

Dr. Paul Wossidlo.

Inhalt:

1. Ueber den Gebrauch einiger Präpositionen bei Curtius. Vom ordentlichen Lehrer Robert Gründler.
2. Schulnachrichten. Vom Director.

Tarnowitz, 1874.
Druck von Robert Reimann.

Ueber den Gebrauch einiger Präpositionen bei Curtius.

I. Propter und ob.

1. **Propter** wird in seiner ursprünglichen Bedeutung: nahe bei, neben, von Curtius nicht mehr gebraucht, sondern dient nur noch in übertragenem Sinne a. **zur Bezeichnung der Ursache** = infolge, durch, wegen. 5, 2, 12 *) toto fere solo propter venas aquarum resudante, infolge der Wasseradern, die den Erdboden unter seiner Oberfläche durchziehn, in welchem Beispiele grade der Uebergang von der Bedeutung eines Nebeneinander zu der eines causalen Zusammenhangs sehr deutlich ist. 6, 40, 32 et propter me morieris et mecum, ich werde die Ursache Deines Todes sein, wie es auch gleich weiter heisst: ego tibi vitam adimo, ego senectutem tuam extinguo.

An allen übrigen Stellen bezeichnet propter den Grund, aus welchem eine Handlung geschieht, ausser an 3 Stellen, wo es die Absicht ausdrückt, eine Bedeutung, die zwar später und seltner ist, jedoch gleichfalls aus der ursprünglichen Bedeutung von propter hervorgeht. Im ersteren Falle bezieht sich propter auf Dinge, die in Wirklichkeit vorhanden sind, die das thätige Subject neben und bei seiner Handlung vor Augen hat, und durch die es zu einer gewissen Handlungsweise bestimmt wird, im andern Falle dagegen ist das Ding, dessen Idee die Handlung des Subjects bestimmend begleitet, noch nicht in Wirklichkeit, sondern vor der Hand nur in der Vorstellung des Subjects vorhanden, und das Streben desselben geht dahin, eben jenes zu verwirklichen.

So steht propter b. **den Grund bezeichnend**, α. bei Sachen 7, 3, 26 ad id praevertar, propter quod rei sumus. 7, 5, 40 propter hanc causam irascitur nobis. 7, 17, 20 propter coeli intemperiem Indiam potius petere. 7, 28, 27 quorum posteri nunc quoque non apud eos tam longa aetate propter memoriam Alexandri exoleverunt. 8, 30, 14 ab Erythro rege inditum est nomen: propter quod ignari rubere aquas credunt. 9, 7, 6 patrem

---

*) Bei Angabe der Stellen citire ich nach der von Zumpt und Mützell befolgten Eintheilung.

1

ejus propter habitum haud indecorum cordi fuisse reginae. Von propterea findet sich kein Beispiel.

β. bei Personen 7, 20, 12 liberis vestris, quod propter illos attulistis, date. 8, 1, 1 quum propter vagum hostem spargeudae manus essent. 8, 4, 27 ingrata senioribus erant (die ruhmrednerischen Worte Alexanders), maxime propter Philippum, sub quo diutius vixeraut.

c. die Absicht bezeichnend 7, 35, 26 stultum est eorum meminisse, propter quae tui obliviscaris, es ist thöricht, an solche Dinge zu denken, um derentwillen Du Dich selbst vergisst, oder, wie nach dem Vorhergehenden der Sinn dieser Worte ist: um für einen Gott zu gelten, vergisst Du, Alexander, dass Du ein Mensch bist. 9, 13, 20 cujus (Coeni) morte ingemuit quidem rex, adjecit tamen, propter paucos dies longam orationem eum exorsum, tanquam solus Macedoniam visurus esset — , er hätte eine lange Rede begonnen um weniger Tage willen, d. i. um schliesslich doch nur wenige Tage die Befriedigung zu geniessen, dass der Weitermarsch ein Ende habe. 9, 40, 12 spolia de hostibus, propter quae ultima orientis peragraverant, cremabaut inceudio —, womit verglichen werden kann Justin XI., 7, 4 urbis potiundae non tam propter praedam cupido eum cepit, sed quod audierat —. Dagegen Caes. b. G. 5, 12, 2 qui praedae ac belli inferendi causa ex Belgio transierant.

2. Ob findet sich in seiner ursprünglichen Bedeutung: gegen etwas hin, gegenüber oder vor (ob oculos versari), nicht mehr. In übertragenem Sinne bezeichnet es wie propter die Ursache, den Grund und auch die Absicht, nur dass im Unterschiede von propter der veranlassende oder bestimmende Gegenstand nicht als zur Seite oder daneben, sondern als gegenüberbefindlich gedacht wird. Im übrigen findet sich ob bei Curtius immer nur mit sachlichen Objecten verbunden, und zwar

a. die Ursache bezeichnend = infolge, durch, auch vor 3, 25, 3 acrius ob nimiam festinationem concitato spiritu. 4, 30, 14 quidam, ob sitim impotentes sui, ore quoque hianti (imbrem) captare coeperunt. 8, 49, 19 humo lubrica et ob id impediente conatum. 3, 27, 5 (nach einer Conjectur von Foss) ob id graves.

b. den Grund = wegen. *α.* einen äusseren Grund 3, 5, 10 ob exilium infestus Alexandro. 3, 13, 9 laxata vis morbi ob hoc solum videbatur, quia magnitudinem mali sentiebat. 4, 3, 19 ob inopiam suburbanum hortum exigua colentem stipe. 4, 22, 11 ob res pro salute ac libertate Graeciae gestas coronam auream donum victoriae ferre. 4, 26, 7 ob hanc causam omnium, quae apud hostem gererentur, ignarus. 4, 34, 11 quos ob injurias tortos necaverunt. 4, 34, 13 Mitylenaeis ob egregiam in partes fidem pecuniam reddidit. 4, 41, 22 ob id ipsum miserabilis. 4, 52. 3 ob id ipsum ignobiles esse. 7, 6, 2 horum ob id ipsum melior est causa, quod ego suspectus sum. 4, 42, 31 ob haec ipsa amantis animus in sollicitudinem suspicionemque revolutus est. 4, 60, 7 majore et ob id tutiore circumitu. 6, 29, 3 ob ea suspectus. 9, 33, 24 ob haec regi an popularibus carior esset dubitari poterat. 5, 19, 19 non ob aliud tam calamitosi, quam quod illis carere coacti essent. 6, 26, 18 incertum, quam ob causam substiterat in regia. 6, 27, 29 haud ignarus, quam ob causam accerseretur a rege. 8, 3, 21 ob has causas validissimam imperii partem fidei ejus tutelaeque commisit. 8, 21, 8 ob aliam quoque causam regi infestus. 9, 27, 8 Graeci, incertum, ob quam causam, lymphatis similes ad arma discurrunt. 7, 7, 12 regi ignotos ob aetatem. 7, 8, 18 per deserta etiam ob siccitatem loca.

7, 11, 3 magna pecunia ob egregiam in Cyrum fidem donata. 8, 43, 18 quod Clitum ob linguae temeritatem occidisset. 9, 13, 17 seniores, quis ob aetatem excusatio honestior erat. 9, 26, 23 (terrae) quibus feminae ob virtutem celeberrimum nomen est. 9, 29, 16 ob eximiam virtutem virium regi pernotus et gratus. 10, 29, 14 ob recentem discordiam haud sane pacati quicquam expectantes.

β. einen inneren Grund = aus, wegen 4, 3, 19 singulis amicorum Alexandri ob nimiam regni cupiditatem adulantes. 4, 62, 23 praefectum equitatus avidum certaminis et ob id ipsum incautius in se ruentem hasta transfixit. 6, 29, 2 Philotae ob aemulationem dignitatis adversus. 9, 27, 4 ob aemulationem infestus. 10, 14, 5 quaerentibus his, cui relinqueret regnum, respondit, ei, qui esset optimus: ceterum providere jam se, ob id certamen magnos funebres ludos parari sibi.

c. den Zweck 3, 19, 3 dividi non ob aliud (zu keinem andern Zweck) copias velle (Graecos milites), quam ut ipse in diversa digressi, si quid commissum esset, traderent Alexandro. 6, 9, 13 peccavimus, si Dareum ob hoc (zu dem Zweck) vicimus, ut servo ejus traderemus imperium. 6, 36, 35 qua (lingua Graeca) tu egisti, non ob aliud credo, quam ut oratio tua intelligi posset a pluribus. An allen drei Stellen steht o b immer nur mit dem Neutrum eines Pronomens oder Pronominaladjectivs, non ob aliud quam ut oder ob hoc ut, und es folgt ein finaler Nebensatz, der die genauere Angabe des Zweckes enthält.

Was die Stellung von ob betrifft, so pflegt es zwischen das Pronomen oder Adjectiv und das Substantiv nicht eingeschoben zu werden, sondern steht in der Regel voran. Nur an zwei Stellen, beim Pronomen relativum, findet es sich eingeschoben 6, 26, 18 incertum, quam ob causam und 6, 27, 29 haud ignarus quam ob causam. Es dürfte daher wohl auch 9, 27, 8, wo derselbe formelhafte Ausdruck, wie im ersteren Beispiele, wiederkehrt, statt incertum, ob quam causam, zu lesen sein incertum, quam ob causam.   (Anm. s. u.)

II. Apud und ad.

1. Apud, nach Corssens Vermuthung (Ueber Aussprache —, I., S. 335) ursprünglich der Ablativ eines Verbalsubstantivs apo — vom einfachen Verbum apere, bedeutet demnach eigentlich in Anfügung. Es steht daher, wenn die Sache oder die Person angegeben werden soll, in deren Nähe etwas geschieht = an oder bei. In diesem Sinn steht es zunächst bei Oertlichkeiten (Flüssen oder Städten) an oder bei denen sich etwas zuträgt *) 3, 1, 19 capti apud Granicum amnem. 4, 53, 10 apud Granicum certare. 8, 3, 20 apud Granicum amnem nudo capite regem dimicantem clypeo suo texit. 4, 44, 11 captivos apud Damascum redimentibus redderet. cf. Mützell zu 3, 1, 9. 4, 1, 4 per quem (Parmenionem) apud Damascum recepta erat praeda. 4, 6, 34 qui proelio apud

---

Anm. Causa steht nur an zwei Stellen, im Sinne der Absicht 5, 14, 2 nisi forte crederet, quo ipse pecoris causa isset Alexandrum pro gloria et perpetua laude ire non posse, und 7, 10, 37 hanc seorsus cohortem a ceteris tendere ignominiae causa jubet. — Ergo findet sich nur einmal, und zwar zur Bezeichnung des Grundes, wie causa nachgestellt 7, 23, 30 vetus odium Milesii gerebant in Branchidarum gentem proditionis ergo.

---

*) Ueber die Verschiedenheit der Bedeutung, welche bei diesem Gebrauch zwischen apud und ad auch bei Curtius stattfindet, siehe ad am Ende.

Isson superfuerant. 8, 3, 23 nobilem apud Chaeroneam victoriam. 5, 7, 5 omissum apud Halicarnasson a junioribus proelium. 6, 3, 21 priusquam Dareum Alexander apud Arbela superaret. 8, 6, 8 apud Miletum pro mea gloria occubuere mortem. 8, 7, 13 decem diebus apud Maracanda consumptis. An einer Stelle, 4, 24, 19 quae apud Chium acta erant, findet sich der ältere vulgaerlateinische Gebrauch im Sinne von in, apud Chium = in Chios. cf. Mützell zur Stelle.

Nur einmal steht apud bei einem sachlichen Object, das keine Oertlichkeit ist, und bezeichnet in diesem Falle den Grund, warum etwas geschieht: 7, 31, 21 haud sane auctoritate proficiens apud obstinatum animum, bei der Hartnäckigkeit Alexanders und eben wegen derselben nichts ausrichtend. An allen übrigen Stellen steht apud bei Personen, und zwar

1. nach Verbis dicendi, wobei die Person, in deren Nähe das Sprechen stattfindet, zugleich auch als diejenige verstanden wird, welcher die Rede gilt = vor. 4, 4, 25 humilitatem ejus apud amicos Alexandri criminabantur. 5, 28, 8 excusare apud regem consternationem suam. 6, 6, 21 apud quem (exercitum) talem orationem habuit. 6, 36, 34 patrio sermone apud aliquos uti. 7, 31, 24 quid eo (sacrificio) portenderetur, cur apud alium quam apud me professus es? 7, 33, 11 sic locutos esse (legatos) apud regem. 8, 21, 7 quam ignominiam aegre ferens deflere apud Sostratum coepit. 8, 23, 25 quum apud eum quoque verberatum se a rege quereretur. 6, 42, 15 deos patrios nequicquam apud surdas aures (vor Leuten, die nicht hören wollen) invocare.

2. apud heisst bei, d. i. in der Behausung Jemandes 9, 7, 1 biduum apud eum substitit rex.

3. bei, d. i. in der Umgebung Jemandes 5, 21, 11 Tiridati, qui gazam tradiderat, servatus est honos, quem apud Dareum habuerat.

4. bei, d. i. im Dienste oder in der Gewalt Jemandes 6, 15, 7 Graecis mercede apud Persas militantibus. 7, 23, 9 (Milesii), qui apud ipsum militarent. 7, 8, 18 quorum conjuges ac liberi obsides apud regem erant.

5. bei, d. i. inmitten einer Mehrzahl von Personen, die eine Gesammtheit ausmachen, insbesondere von Sitten, Einrichtungen oder sprichwörtlichen Redensarten, die bei einem Volke oder bei gewissen Leuten sich finden 4, 48, 14 similis apud Macedones sollicitudo erat. 4, 9, 14 apud Macedonas quoque quum forte panem quidam militum frangerent, manantis sanguinis guttas notaverunt. 9, 23, 1, convaluisse apud barbaros famam mortis suae. 9, 28, 15 quicquid aut apud Persas vetere luxu aut apud Macedonas nova immutatione corruptum erat. 8, 31, 20 ingenia hominum, sicut ubique, apud illos locorum quoque situs format. 7, 16, 13 quod apud Bactrianos vulgo usurpabant. 8, 8, 19 apud eos parentibus stupro coire cum liberis fas est. 5, 9, 22 scio apud vos filio in conspectu matris nefas esse considere. 8, 16, 27 hoc (sc. panis) erat apud Macedones sanctissimum coëuntium pignus. 8, 21, 6 haec cohors velut seminarium ducum apud Macedonas fuit.

6. bei, d. i. im innern Gefühl Jemandes als demjenigen Vermögen, durch welches der Werth der Dinge geschätzt wird, in den Augen, nach dem Urtheile Jemandes 6, 25, 2 Dimnus modicae apud regem auctoritatis et gratiae. 6, 29, 7 (Parmenionem) inveterata apud tuos auctoritate. 5, 22, 3 maximam apud omnes Graecos inire gratiam. 5, 29, 10 eundem illis amicitiae gradum patere apud regem. 8,

27, 10 Persae in magno honore sunt apud me. 7, 4, 28 is apud te fuit, cujus gratiam expetere et iram timere possemus. 7, 33, 4 tanta erat apud eos veneratio regis. 8, 29, 22 nullius caedes majorem apud Graecos Alexandro exitavit invidiam. 6, 38, 14 non timui, ne plus alienae crudelitati apud te liceret, quam clementiae tuae. 8, 9, 28 pudebat libertatis majus esse apud feminas quam apud viros pretium. 10, 1, 6 quod tacitum prodesse reis apud regem poterat.

7. **bei, d. i. von Seiten Jemandes, wobei die betreffende Person selbst, bei der etwas geschieht, im Grunde zugleich auch die bewirkende Ursache ist.** 4, 26, 7 quae apud hostem gererentur. 4, 47, 1 omnia praeparari apud hostem. 5, 6, 38 apud quas comitas habetur vulgati corporis vilitas. 7, 28, 27 apud aliquem exolescere, bei Jemendem in Vergessenheit gerathen = von Jemandem vergessen werden.

8. **bei, d. i. neben Jemandem und trotz desselben** 6, 33, 11 apud multos copiarum duces meis praepotens viribus. S. Mützell z. St.

2. Ad.

Ad steht I. zur Bezeichnung der Annäherung, welche bei dem Sein oder der Thätigkeit eines Dinges zu einem andern Dinge hin stattfindet.

1. **abhängig von intransitiven oder passiven Verben, die eine Bewegung in eigentlichem oder uneigentlichem Sinne zu einer Person oder Sache ausdrücken.**

a. **bei Personen, zu denen eine Annäherung geschieht.** Bei attinere 10, 5, 34 quod ad me attinet. Ebenso 10, 27, 19. Bei coire 7, 8, 20 ad Parmenionem. Bei contendere 4, 45, 2 ad hostem. Ebenso 4, 46, 24. 6, 22, 19 ad Bessum. Bei currere 6, 30, 10 ad regem. 9, 30, 7 ad eos, qui in armis erant. Bei decurrere 6, 27, 27 ad Philotam. Ebenso 7, 4, 28. Bei deficere 4, 34, 14 a Dareo ad ipsum (Alexandrum). 7, 11, 2 ad Bessum. Bei descendere 8, 38, 33 legati ad regem descenderunt. 4, 25, 2 Bessum descendere ad se jubet. Bei desilire 9, 19, 1 clamantibus amicis, ut ad ipsos desiliret. Bei erumpere 6, 7, 5 ad penates meos, ad parentem sororesque et ceteros cives erumperem. Bei evadere 6, 31, 18 ad Parmenionem. Bei excedere 4, 32, 27 ad deos. Bei intrare 6, 26, 19 ad Alexandrum. Bei ire 4, 49, 24 ad copias. 8, 5, 52 i nunc ad Philippum et Parmenionem et Attalum. Daher auch bei iter est 9, 24, 9 nisi te reduce, nulli ad penates suos iter est. 5, 15, 20 a dextra iter ad Ariobarzanen erat. Bei penetrare 8, 47, 9 ad Porum. Bei perferri 5, 33, 13 ad illos clamore perlato. 6, 6, 16 tumultus perfertur ad regem. 9, 21, 19 ad Macedonas fama perlata est. 10, 17, 19 ad Darei quoque matrem (fama) celeriter perlata est. 8, 1, 6 ad Craterum hujus cladis fama perlata est. Bei perflare 9, 16, 21 jam perflare ad ipsos auram maris. Bei pergere 7, 22, 22 ad Bessum. Bei pertinere 10, 23, 14 ad ipsos. 8, 4, 36 ad me. Quod (quantum) pertinet 6, 43, 30 quod ad Dimnum pertinet, nihil scio. 8, 24, 4 quantum ad hostes pertinet vivunt. Bei pervenire 4, 51, 36 ad aliquem. Ebenso 5, 9, 20. 5, 12, 20. 6, 13, 25. 6, 27, 28. 7, 38, 22. 8, 34, 1. 9, 27, 10. 9, 31, 8. 9, 40, 8. 10, 7, 3. 10, 25, 4. 3, 19, 1. Mit unpersönlichem Subject 4, 27, 14 ad regem clamor pervenerat. 4, 60, 4 ad Mazaeum superati regis fama pervenerat. 6, 34, 15 epistola ad filios pervenit. Bei procedere 4, 49, 25 ad milites. Ebenso 7, 33, 3. Bei recedere 7, 2, 14 ad armigeros.

Bei recurrere 5, 16, 28 ad suos. Bei redire 4, 46, 18 ad Dareum. 5, 19, 20 ad penates. 6, 35, 28 ad conjugem, in patriam, ad parentes. 5, 31, 12 ad eos, quibus praeerat. 6, 24, 33 ad Craterum. 7, 27, 21 ad Meleagrum. Bei redundare 4, 41, 22 calamitatem ad ipsum redundantem. Bei refugere 4, 40, 11 ad suos. 4, 56, 12 ad regem. 4, 57, 18 ad Alexandrum. Bei reverti 6, 43, 34 ad regem. 7, 30, 11 ad illos, qui defecerunt. 9, 38, 3 ad se (Alexandrum). 10, 10, 26 ad liberos conjugesque. Bei transfugere 4, 5, 27 ad Persas. 4, 5, 33 ad quem (regem) transfugerat. 7, 16, 19 ad Alexandrum. Bei transire in eigentlichem Sinne: hinübergehen 6, 44, 36 ad aliquem. Mit sächlichem Subject: auf Jemanden übergehen 3, 6, 6 Chaldaeos interpretatos, imperium Persarum ad eos transiturum, quorum arma esset (Dareus) imitatus. Bei venire 5, 9, 22 ad te. 7, 8, 20 ad eum. 9, 1, 8 ebenso. 3, 35, 12 jam ad eos, qui primi fugerant, ventum erat. 4, 24, 19 ad Pharnabazum.

     b. bei Sachen. Bei accedere 5, 38, 24 ad quem (fontem) Polystratus accessit. Ebenso bei aditus 8, 37, 23 ad urbem. Bei coire 8, 5, 47 ad regiam. 7, 9, 29 ad nemus. Bei confugere 6, 34, 24 ad vestras manus, ad vestra arma confugio. Bei contendere 4, 61, 8 ad Lycum amnem. 7, 38, 20 ad Maracanda urbem. Bei defluere 9, 34, 30 ad insulam. Bei se demittere 5, 15, 23 qua se montium jugum paulatim ad planiora demittit. Bei descendere 4, 30, 9 secundo amne descendit ad Mareotin paludem. Bei discurrere 9, 27, 8 ad arma. Bei efferri 3, 19, 10 ad vanam fiduciam. Bei ire 5, 27, 7 ad quam (mortem) non pigre ire satis est. Bei penetrare 3, 17, 6 ad urbem. 4, 5, 29 ad Pelusium ostium. 4, 29, 5 ad interiora Aegypti. 4, 37, 14 ad Tigrim. 4, 38, 17 ad ipsum alveum. 4, 40, 12 ad inferiora. 6, 10, 2 ad fines Hyrcaniae. 8, 30, 12 ad interiora. 3, 21, 16 ad castra Macedonum. Bei pergere 5, 15, 17 ad demonstratum iter callium. Bei pertinere 4, 52, 3 ad belli discrimen. 6, 30, 12 ad caput regis. 8, 16, 25 ad stabiliendum regnum. 8, 23, 21 ad salutem regis. 9, 9, 19 quod pertinet ad elephantos. Bei pervenire 3, 11, 14 ad urbem Tarson. 3, 17, 2 ad urbem Solos. 3, 17, 5 ad urbem Mallon: inde alteris castris ad oppidum Castabulum. 4, 37, 12 ad Euphraten. 4, 42, 25 ad Darei castra. 4, 61, 8 ad amnem. 4, 62, 16 ad Lycum amnem. 5, 2, 16 ad Mennin urbem. 5, 8, 9 ad Choaspen amnem. 5, 10, 1 ad Tigrim fluvium. 5, 17, 3 ad Araxen. 6, 13, 20 ad cultiora. 7, 13, 18 ad loca cultiora. 7, 19, 39 ad fines Indiae. 7, 21, 13 ad flumen Oxum. 7, 26, 10 ad urbem Maracanda. 7, 34, 14 ad cacumen. 7, 40, 13 ad flumen Oxum. 7, 40, 15 ad urbem Marganiam. 8, 35, 7 ad Nysam urbem. 8, 37, 19 ad regionem aliquam. 8, 42, 4 ad flumen Indum. 8, 44, 5 ad amnem Hydaspen. 9, 3, 14 ad magnam urbem. 9, 10, 26 ad solis ortum et Oceanum. 9, 18, 26 ad oppidum Oxydracarum. 9, 32, 17 ad oppidum aliquod. 9, 34, 6 ad aquam amaram. 3, 20, 13 ad fauces, quibus Syria aditur —, ad eum locum, quem Amanicas Pylas vocant. 3, 21, 23 ad angustias. 3, 33, 4 ad urbem. 9, 16, 19 ad finem simul mundi laborumque. 4, 27, 14 ad prima signa. 3, 26, 1 ad teli jactum. Bei procedere 7, 14, 19 ad Caucasum montem. 7, 24, 36 ad Tanaim amnem. 8, 34, 2 ad flumen Indum. 9, 2, 8 ad interiora Indiae. 9, 6, 35 ad fluvium Hypasin. Bei proficere 9, 40, 14 ad spem salutis. Bei properare 10, 27, 17 ad bellum civile. Bei provolvi 3, 30, 11 ad pedes. Bei recidere 5, 8, 14 ad ludibrium. Ebenso 9, 29, 23. Bei recurrere 9, 35, 11 ad naves. Bei redire 7, 28, 25 ad Tanaim amnem. 9, 37, 27 ad classem. 10, 28, 7 ut ad ordinem, a quo me contemplatio publicae felicitatis averterat, redeam. Bei reverti in übertragenem Sinne 6, 38, 11 ad verum crimen et ad unum revertendum mihi est. Bei revolvi in übertragenem Sinne 7, 30, 8 rursus ad superstitionem revolutus. Bei sequi 10, 21, 24 ipsum ad praenuntiatam praedam. Bei succedere 4, 24, 19 ad portus claustra. 4, 12, 2 (navis) celeriter ad molem sucessit. Bei venire 3, 3, 22 ad urbem Ancyram. 4, 22, 10 ad urbem Gazam. 4, 31, 16 ad sedem consecratam deo. 5, 21, 13 ad iter perpetuis obsitum nivibus. 5, 22, 7 ad vestibulum regiae. 6, 18, 22 ad urbem Hyrcaniae. 7, 23, 31 ad urbem. Ebenso 8, 35, 9. 9, 2, 13 ad flumen Hyarotim. 9, 39, 6 ad flumen.

In gleichem Sinne steht ad auch mit dem blossen Städtenamen ohne Apposition, um, entsprechend der Bedeutung der Präposition, eben nur die Annäherung, das Kommen in die Nähe einer Stadt zu bezeichnen 4, 3, 15 ad Sidona. 8, 37, 22 ad Mazagas.

2. ad steht abhängig von verbis activis, um die Annäherung, d. h. das in die Nähe bringen einer Person oder Sache zu einem persönlichen oder gegenständlichen Objecte zu bezeichnen.

a. Bei Verben, die ein Bringen, Führen, Reissen oder Schleppen, ein Stossen zu etwas hin oder Fesseln an etwas in eigentlichem oder uneigentlichem Sinne ausdrücken.

Bei abstrahere 3, 5, 17 aliquem ad capitale supplicium. Bei adducere 3, 6, 3 aliquem ad aliquem. Ebenso 9, 32, 16. 10, 25, 5 ad mortis periculum aliquem. Bei admovere 3, 1, 1 ad urbem Celaenas exercitum. 4, 14, 13 classem ad moenia. 8, 8, 22 ad petram exercitum. Bei agere 4, 14, 15 quadriremes ad urbem. Bei appellere 10, 2, 16 ad Euphratis os appellere classem, nach der Conjectur von Acidalius. cf. 9, 37, 23 equites praemitteret ad os amnis. Bei applicare 4, 17, 3 belua ad molem ingens corpus applicuit. Bei deferre, 1. in der Bedeutung: überbringen 3, 18, 13 litteras ad aliquem. 8, 41, 3 caput alicujus ad Alexandrum. 2. in der Bedeutung: hinterbringen 6, 27, 25 indicium ad aliquem. Ebenso 6, 33, 8. 6, 28, 31. 6, 28, 33 sermonem. 6, 38, 11 rem. Ebenso 6, 38, 15. 6, 38, 12 facinus. 6, 26, 16 quae acceperat. 6, 29, 2 quae detulerat ad regem. 6, 40, 34 quae detulerat ad me. 3. in der Bedeutung: übertragen 10, 20, 17 summam imperii ad Perdiccam. Bei detrahere 5, 16, 32 armatos secum ad terram. Bei devehere 10, 3, 19 materiam ad urbem Syriae Thapsacum. Bei ducere 9, 4, 19 ceteros ad urbem validam. 9, 10, 27 non tam ad gloriam vos duco, quam ad praedam. Bei evehere 4, 54, 20 imperium ad summum fastigium. Bei ferre 3, 35, 17 proditoris caput ad Dareum. 7, 7, 16 ad Parmenionem epistolas. 7, 41, 10 aditus ferentes ad cacumen. Bei introducere 6, 26, 17 ad regem aliquem. Bei objicere 8, 24, 2 ad os manum. Bei perducere 1. in eigentlichem Sinne 3, 22, 2 aliquem ad aliquem. Ebenso 8, 17, 1. 7, 39, 4. 7, 41, 7. 7, 5, 38. 4, 19, 15 multos Tyriorum ad sua perduxere navigia, wo ad (zu ihren Schiffen) ungenau statt in (auf ihre Schiffe) gesetzt ist. 8, 1, 4 ut improvidum ad insidias praeda perduceret. 2. übertragen 9, 8, 14 nunquam ad liquidum fama perducitur. Bei perferre 7, 7, 15 ad aliquem litteras. 7, 33, 8 mandata. 9, 24, 6 alicujus preces. Mit folgendem acc. c. inf. im Sinne von vermelden 9, 11, 1 expectabant, ut duces principesque ad regem perferrent, vulneribus et continuo labore militiae fatigatos non detrectare munia, sed sustinere non posse. Bei producere im Sinne von befördern 7, 2, 11 ad magna et honorata ministeria producti. Bei quatere 8, 20, 22 mentum alicujus ad terram. Bei redigere 3, 8, 28 redactus est ad paucitatem. Bei referre im Sinne von melden 7, 1, 4 seditiosae voces referebantur ad regem. 10, 28, 9 sermonem alicujus ad aliquem. In der Bedeutung: zurückführen 4, 45, 8 ad Cyrum originem sui referens. In der Bedeutung:

anheimstellen, überlassen 4, 44, 10 quid placeret, ad consilium refert. Bei religare 4, 28, 29 religatus ad currum. Bei trahere in eigentlichem Sinne mit sachlichem Object 4, 13, 10 falcibus palmites arborum ad se trahere. 5, 20, 5 lacerabant regias vestes, ad se quisque partem trahentes. Mit persönlichem Object 7, 39, 4 ad supplicium. Ebenso 10, 11, 1. 10, 13, 1 ad poenam. In übertragenem Sinne 4, 23, 15 res ad Macedones trahere. 10, 16, 12 publicas vires ad se trahere. Bei transferre 5, 8, 10 opes victi ad victorem transferente fortuna.

b. **Bei legare und mittere nebst Compositis.** 4, 22, 11 quindecim ad regem legare. mittere aliquem ad aliquem 3, 18, 11. 4, 56, 6. 5, 11, 12. 5, 28, 5. 6, 3, 20. 6, 15, 7. 6, 15, 10. 6, 31, 20. 7, 25, 5. 7, 26, 12. 7, 41, 5. 7, 43, 22. 8, 1, 7. 8, 3, 17. 8, 44, 2. 9, 1, 7. 9, 31, 12. 10, 27, 14. 8, 4, 35 ad feras bestias (sc. Sogdianos). Mit weggelassenem persönlichen Object 8, 20, 21 ad Agin et Cleonem misit, ut barbaros tantum, quum intrasset, procumbere suo more paterentur. 9, 41, 17 ad Phrataphernen misit, qui juberet camelis cocta cibaria afferre. mittere aliquem ad aliquem locum 6, 41, 7 ad oraculum. 7, 28, 24 ad urbem Maracanda. 8, 39, 1 ad urbem cum exercitu missus. Aehnlich 7, 43, 20 vicem eorum, quos ad tam manifestum periculum miserat, sollicitus. mittere aliquid ad aliquem 3, 3, 20 talenta. 3, 33, 2 litteras. 7, 9, 33 caput alicujus. Bei demittere 4, 6, 35 ad regem aliquos. 4, 44, 24 ad regem dimitti. Bei praemittere 3, 31, 15 ad captivas aliquem. 9, 37, 23 equites ad os amnis. Bei remittere 3, 33, 3 ad proditorem aliquem. 8, 44, 1 ad regem aliquem.

c. **Bei scribere** 6, 4, 13 epistolam ad filios. 7, 9, 30 litteras ad milites. 7, 10, 36 litteras ad suos.

d. **Bei vocare nebst Compositis und bei invitare.**
Bei vocare 4, 60, 5 aliquem ad aliquem. Ebenso 4, 21, 6. 3, 22, 5 ad arma aliquem. 6, 6, 21 ad concionem exercitum. 9, 8, 12 ad concionem milites. 4, 48, 15 ad vota et preces aliquem. Bei advocare 3, 19, 6 ad se aliquem. Bei provocare 7, 19, 23 ad pugnam aliquem. Bei revocare 8, 29, 22 revocatus ad vitam, quum mori perseveraret. Bei invitare 6, 31, 16 ad epulas aliquem. Ebenso 9, 27, 4. 9, 28, 15.

e. **Bei Verben, welche zu etwas ermuntern, aufreizen, antreiben, anfeuern oder fortreissen bezeichnen.**
Bei hortari 4, 5, 28 hortatus milites ad spem tantae rei. Bei adhortari 3, 34, 8 suos quasi ad justum proelium. Bei erigere 4, 39, 7 ad spem et fiduciam torpentes. Bei sollicitare 4, 44, 18 milites ad proditionem, amicos ad perniciem alicujus pecunia sollicitare. Bei agere 8, 6, 6 num ira deorum ad tantum nefas actus esset. Bei concitare 7, 26, 15 ad arma aliquem. Bei incitare 5, 3, 18 ad deditionem aliquem. Daher auch bei incitamentum 3, 27, 7 suis ad se tuendum et hostibus ad incessendum ingens incitamentum. 9, 19, 6 desperatio, magnum ad honeste moriendum incitamentum. Bei sollicitare 3, 13, 15 ad perniciem alicujus pecunia. Bei compellere 4, 9, 15 ad pacem aliquem. 5, 26, 7 saepe taedio laboris ad vilitatem sui compelluntur ignavi. 9, 4, 19 ad deditionem aliquem. Ebenso 8, 44, 2. 8, 9, 25. 9, 4, 23. 10, 6, 45. Bei impellere 6, 41, 6 ad societatem sceleris aliquem. 7, 9, 34 ad regni cupiditatem. 6, 33, 11 avida spes regni animum ad ultimum nefas impulit. Bei propellere 6, 11, 11 (amore vitae) ad ultima propelli. Bei ascendere 4, 59, 28 territos ad pugnam. 8, 45, 13 ad spernendum omne periculum accensi. Bei incendere 4, 40, 13 ad persequendum hostem animum militi incendere. Bei trahere 7, 43, 25 ad deditionem aliquem. Bei rapere 7, 3, 24 ad omnes affectus impetu rapimur. Bei provehere 8, 22, 14 epulantium comitas provexit omnes ad largius vinum.

f. **Bei Verben, welche ein Ausrüsten, Fertigmachen, Wiederherstellen, Vollenden oder auch ein Aussinnen zu etwas bezeichnen, namentlich beim Participium Perfecti Passivi in adjectivischer Bedeutung = bereit, fertig.**

Bei parare 4, 47, 10 ad proelium se parare. Bei paratus 5, 27, 15 paratum esse ad exequendum imperium. 5, 30, 1 ad omne imperium paratus et intentus. 6, 21, 17 ad omnia parati. 8, 8, 13 paratus ad tale obsequium. 8, 42, 8 paratus ad pugnam. Bei paratum habere 5, 26, 5 ad renovandum bellum vires paratas habere. So auch bei promptus 7, 10, 38 nihil illis ad bella promptius fuit. 9, 24, 10 promptae esse ad omne discrimen audaciae. Bei comparare 5, 20, 3 supellex non ad usum, sed ad ostentationem luxus comparata. Bei praeparare 8, 42, 4 omnia, ut praeceperat, ad trajiciendum praeparata ab Hephaestione repperit. 4, 12, 3 prora ejus (navis) accensa, remiges desiluere in scaphas, quae ad hoc ipsum praeparatae sequebantur. 10, 29, 15 substitere, praeparatis ad dimicandum animis, si quis vim inferret. Bei reficere 9, 42, 23 arma ad pristinum cultum. Bei exigere 5, 3, 23 suo (equitum) equorumque cultu ad luxuriam magis quam ad magnificentiam exacto. Bei excolere 8, 17, 3 dives regio habebatur, ad luxum magis quam ad magnificentiam exculta. Bei excogitare 4, 13, 9 quicquid ad impediendam molem excogitari poterat.

Vereinzelt steht ad noch bei deligere 5, 34, 15 ad ministerium sceleris aliquem. Bei gignere 10, 22, 6 qui ad hanc spem genitus esset. Bei servare = erhalten, aufsparen 9, 24, 14 temetipsum ad ea (pericula) serva, quae magnitudinem tuam capiunt. Bei operam navare 7, 23, 27 ad reliqua belli navaturos operam pollicebantur.

3. **Bei Angabe der Grenze, bis zu welcher eine Thätigkeit oder ein Zustand stattfindet, häufig noch verbunden mit usque, um den ununterbrochenen Fortgang der einen oder die stetige Dauer des andern bis zu jener Grenze, seltener (nur zweimal) in Verbindung mit prope, um das Erreichen der angegebenen Grenze als ein nahezu vollendetes zu bezeichnen.**

a. **Bei Raumbestimmungen.** *α.* **in eigentlichem Sinne.**

Zugleich mit Angabe des Anfangspunktes 3, 32, 18 ab Hellesponto usque ad Oceanum omnes gentes victoria emensus. 5, 13, 5 dorsum a Caucaso monte ad rubrum mare pertinet. 6, 6, 13 (Scythae), qui in Europa sunt, a laevo Thraciae latere ad Borysthenem atque inde ad Tanaim attinent. Ohne besondere Angabe des Anfangspunktes 4, 31, 18 horum regio usque ad rubrum mare excurrit. 6, 12, 16 (valles) usque ad mare Caspium patens. 7, 35, 30 ultra Tanaim usque ad Thraciam colimus. 10, 30, 3 regionem eam usque ad Trapezunta defendere. 7, 11, 4 quorum regio ad Ponticum mare pertinet. 4, 21, 5 gentes ad Causasum et Tanaim pertinentes. 3, 12, 7 ad Hellespontum fuga penetrare. 4, 13, 10 ad molem usque penetrare. 3, 25, 7 ad solum urbem diruere. 7, 12, 8 usque ad summum aedificiorum fastigium eodem laterculo utuntur. 7, 12, 10 ad medium vites et arbores obtegunt, nach Conjectur von Foss. 8, 2, 15 usque ad ossa laceratus. 8, 50, 36 (telum) per medium pectus penetravit ad tergum. 6, 19, 27 laeva pars ad pectus est nuda.

Usque für sich allein und als Präposition gebraucht, in gleichem Sinne wie usque ad, steht 8, 31, 21 corpora usque pedes carbaso velant.

β. in übertragenem Sinne.

7, 17, 22 inopia frumenti prope ad famem ventum erat. 10, 20, 12 jam prope ad seditionem pervenerant. 9, 35, 17 jurgantium ira perveniebat etiam ad manus. 6, 34, 20 linguae temeritas pervenit ad gladios. 7, 4, 28 ab illo traditi ad hunc gradum amicitiae tuae ascendimus. 6, 41, 1 ab humili ordine ad eum locum, in quo tunc erat, promotus. 6, 29, 5 usque ad mortis metum adduci. 7, 27, 22 ad ultimum periculum venire. 8, 2, 15 ad ultimum periculi pervenire. 4, 55, 22 ad extrema perventum est. 5, 24, 3 fidelitate erga regem ad ultimum invicta. 6, 14, 2 in regem suum ad ultimum fides conservata. 5, 33, 11 ad ultimum regi vestro fide exhibita. Allein steht ad ultimum, und zwar zunächst ungeschwächt und mit dem vollen Werth eines verkürzten conditionalen oder temporalen Nebensatzes = wenn es bis zum äussersten kommen sollte oder als es zum äussersten kam 3, 1, 7 se scire inexpugnabiles esse: ad ultimum (wenn es bis aum äussersten kommen sollte) pro fide morituros. cf. Mützell z. St. Aehnlich 6, 9, 13 regem suum quasi captivum in vinculis habuit, ad ultimum (als es zum äussersten kam), ne a nobis conservari posset, occidit. 9, 40, 11 primo inopiam, deinde ad ultimum famem sentire coeperunt. Im weiteren Gebrauch aber und ungleich häufiger erscheint ad ultimum nur noch in abgeschwächter Bedeutung wie ein blosses Zeitadverbum = postremo. In solchem Sinne steht es 3, 32, 20. 4, 54, 19. 4, 56, 10. 5, 6, 38. 5, 11, 14. 5, 21, 14. 6, 17, 7. 6, 25, 10. 7, 1, 8. 7, 12, 9. 7, 41, 5. 8, 4, 34. 8, 5, 42. 8, 7, 17. 10, 17, 24. 10, 20, 19. 10, 23, 12. 10, 28, 9. 10, 5, 42.

b. Bei Zeitbestimmungen 3, 4, 3 orto sole ad noctem agmina intravere vallum. 3, 32, 18 ad ultimum vitae perseverare. 4, 15, 23 sacrum multis saeculis intermissum repetendi auctores quidam erant, ut ingenuus puer Saturno immolaretur: quod sacrilegium verius quam sacrum Carthaginienses, a conditoribus traditum, usque ad excidium urbis suae fecisse dicuntur. 5, 1, 2 (res Asiae) ad fugam mortemque Darei universas in conspectum dare.

Bei Angabe des Termins, auf den eine gewisse Handlung fällt, steht ad 3, 1, 8 ad praestitutam diem permisere se regi.

c. Bei Angabe des Grades einer Handlung. 4, 40, 15 ad satietatem quoque copia commeatuum instructus. 4, 44, 18 ad internecionem aliquem persequi. 8, 31, 22 reliquam oris cutem ad speciem levitatis exaequant. 9, 30, 2 utrumque animal (leones et tigres) ad mansuetudinem domitum.

d. Bei Zahlangaben. 4, 5, 33 ad unum omnes occisi sunt. 7, 23, 32 ipsos ad unum caedere. 7, 41, 12 praemium erit ei, qui primus occupaverit verticem, talenta X: uno minus accipiet, qui proximus ei venerit, eademque ad decem homines servabitur portio. 5, 5, 31 ad octoginta (pedes) summum munimenti fastigium pervenit.

Als Adverbium steht ad bei Zahlangaben in der Bedeutung: ungefähr, etwa = circiter 3, 7, 13. 5, 6, 41. 5, 17, 5. 7, 33, 8. 8, 43, 11.

4. Bei der Bezeichnung des Dazukommens einer Sache zu einer andern.

8, 5, 41 ad pristinam violentiam ira quoque adjecta. 4, 28, 22 ad pristinum fastigium moenium novum munimentum extruere. 4, 9, 15 longam obsidionem magno sibi ad cetera impedimento fore; doch scheint wohl die andere Auffassung von Freinsheim und Schmieder = ad cetera peragenda, quae superessent, den Vorzug zu verdienen. 5, 20, 10 accessere ad hanc pecuniae summam sex milia talentum. 4, 47, 10 ad haec illud quoque accedit. 10, 12, 8 ad illa hoc quoque accessit. 7, 2, 15 ad haec accedere, quod. Sehr häufig steht ad hoc (ad haec) im Sinne von praeterea oder insuper 3, 25, 7 victor ad haec Atheniensium Philippus pater invocabatur. 4, 30, 13 ad hoc. Ebenso 4, 47, 4. 5, 3, 18. 5, 15, 24. 5, 36, 13. 9, 7, 4. 9, 40, 13.

5. Bei der Bezeichnung des Ausreichens und Uebrigseins zu etwas.

7, 30, 19 si me sequi vultis, valeo, amici. Satis virium est ad toleranda ista. 9, 20, 10 adeo resolutus, ut ne ad evellendum quidem telum sufficeret dextera. 9, 20, 13 ad connitendum nihil supererat virium.

6. Um die Beziehung einer Sache auf eine andere auszudrücken = in Beziehung auf, in Hinsicht auf oder gegen.

a. Bei Adjectiven. 4, 39, 4 ad omnia interritus. 8, 50, 31 expositus ad ictus. 9, 20, 9 ad omnes ictus expositus. 8, 49, 23 (equi), tam pavidum ad omnia animal. 8, 31, 16 aves ad imitandum humanae vocis sonum dociles sunt. 6, 35, 29 pigriores ad cetera munia exequenda facere. 6, 21, 9 rudis natio ad voluptates. 8, 25, 8 rudis ad dicendum. 8, 8, 24 rudes ad talia opera. Dagegen steht der Genitiv 8, 38, 32 rudes talium operum, und 4, 10, 17 haudquaquam rudis pertractandi militares animos, indem an diesen Stellen nicht, wie es mit ad geschieht, der Gegenstand, auf den die Unerfahrenheit sich bezieht, sondern vielmehr durch die Bildung eines zusammengesetzten Begriffs (operum rudis) eine gewisse Species dieser Eigenschaft bezeichnet werden soll.

b. Bei Verben. 3, 6, 4 ad haec curam distrinxerant. 10, 22, 4 nomen memoriamque regis sui intuentes ad cetera caligare eos. 8, 48, 10 ad notum sonum auribus mitigatis. 9, 29, 24 hinc ad criminationem invidorum adapertae sunt aures regis.

7. Um die Tauglichkeit zu etwas oder das Gegentheil davon zu bezeichnen.

a. Bei Substantiven. 4, 54, 15 ne illis quidem ad fugam locus est. 3, 27, 12 qua cuique ad fugam patebat via.

b. Bei Adjectiven. 5, 6, 36 nihil ad irritandas illiciendasque immodicas cupiditates instructius. 3, 5, 10 percontari coepit, satisne ei videretur instructus ad obterendum hostem. 5, 6, 39 exercitus ad ea, quae sequebantur, discrimina haud dubie debilior futurus fuit.

8. Wenn die Lust, der Muth oder die Entschlossenheit zu etwas ausgedrückt werden soll.

a. Bei Substantiven. 6, 19, 32 acrior ad Venerem feminae cupido quam regis. 9, 6, 33 tantam ad venandum cupiditatem. 5, 11, 11 paucis ad moriendum, pluribus ad fugam animus fuit. 5, 36, 13 si Besso tantum animi fuisset ad proelium, quantum ad parricidium fuerat.

b. Bei Adjectiven. 4, 15, 22 ad deteriora credenda proni metu. 10, 5, 39 praeceps ad repraesentanda supplicia, item ad deteriora credenda. 4, 28, 18 obstinatus ad tacendum. 8, 4, 30 obstinatus ad silendum. 8, 6, 11 obstinatus ad moriendum. 5, 28, 5 ad omne obsequium destinatus. 10, 12, 6 ille pervicacis ad omnia, quae agitasset, animi.

9. **Beim Ausdruck des Entsprechens oder der Uebereinstimmung einer Sache mit einer andern = nach oder auf.**

7, 9, 33 felicissimo regi et omnia ad fortunae suae exigenti modum (Parmenio) satisfecit. 7, 18, 28 ad siderum cursum iter dirigere. 8, 33, 6 spatium (mensium) ad hunc lunae modum dirigere. 4, 44, 16 ad hunc modum respondere. 9, 8, 12 ad hunc maxime modum disseruit. 8, 19, 19 nec desidero, ad quem modum rex mihi colendus sit, discere. (Dagegen steht simili modo 9, 4, 23 ceterasque urbes simili modo deditas in fidem accepit).

10. **Zur Bezeichnung dessen, worauf etwas erfolgt**

a. **Der Ursache oder Veranlassung = in Folge, auf etwas hin, auf.**

4, 5, 30 potitus Pelusii Memphim copias promovit: ad cujus famam Aegyptii concurrunt. 4, 29, 1 Aegyptii ad spem adventus ejus erexerant animos. 5, 9, 19 ad hanc vocem lacrimae obortae. 5, 11, 10 ad cujus conspectum hostium animi labare coeperunt. 5, 28, 2 ad nomen quoque (regium) barbari conveniunt. 8, 50, 36 ad notam vocem excitatus.

b. **Des zeitlichen Prius.** 4, 28, 27 nullam ad minas ejus reddidit vocem. 4, 42, 28 ad haec Tyriotes — inquit. 6, 28, 33 ad haec respondit.

11. **Zur Bezeichnung des Zweckes, zu dessen Verwirklichung eine Handlung hinstrebt.**

a. **In Verbindung mit dem Neutrum eines Pronomens.**

3, 27, 11 (curru) desilit et in equum, qui ad hoc ipsum sequebatur, imponitur. 4, 33, 4 claustra Nili fluminis Polemonem tueri jubet: triginta ad hoc triremes datae. 5, 19, 21. 22 consenserunt, petendum esse a rege, ut aliquam ipsis attribueret sedem. Centum ad hoc electi sunt. 8, 2, 11. 12 barbarae opulentiae in illis locis haud ulla sunt majora indicia, quam magnis nemoribus saltibusque nobilium ferarum greges clusi. Spatiosas ad hoc eligunt silvas.

b. **In Verbindung mit einem Substantiv.**

3, 3, 20 his talenta ad belli usum quingenta attributa. 3, 27, 12 arma ad tutelam corporum sumere. 4, 19, 20 biduo ad quietem dato militibus. 4, 28, 30 ad inquisitionem novorum militum aliquem mittere. 4, 37, 13 paucis non ad quietem, sed ad reparandos animos diebus datis militi. 4, 56, 10 ad praedam discurrere. 5, 6, 42 adduxerat quinquaginta principum Macedoniae liberos adultos ad custodiam corporis. 5, 14, 14 ad custodiam castrorum relictus. 5, 20, 9 ad usus belli aliquid secum portare. 6, 42, 16 ingerere aliquid jam non ad quaestionem, sed ad poenam. 7, 31, 28 rex jussum confidere felicitati suae remisit ad sacra: sibi ad gloriam concedere deos, nach der Conjectur von Foss. Vgl. die Vorrede zu seiner Ausgabe S. 16. 17. 8, 17, 4 (centum viginti milia armatorum) regem ad id bellum sequebantur. 8, 21, 2 adultos liberos regibus tradere ad munia haud multum servilibus ministeriis abhorrentia. 8, 36, 17 large ad epulas omnibus praebitis. 9, 23, 3 placuit is locus et ad suam et ad militum requiem. 4, 17, 5 dilapsi ad epulas. 10, 29, 16 discordiae auctores ad supplicia deposcere.

c. **In Verbindung mit dem Gerundium oder Gerundivum.**

5, 29, 12 signum dare ad eundum. 7, 13, 13 conniti ad surgendum. 9, 6, 31 nobiles ad venandum canes. 5, 11, 11 oratores mittere ad deprecandum. 3, 1, 1 mitti ad conducendum militem. 3, 5, 16 argentum atque aurum mittere ad conducendum militem. 3, 11, 15 praemitti ad inhibendum incendium. 3, 17, 6 praemittere aliquem ad explorandum iter. 3, 18, 14 lectam (epistolam) Siseni dari jusserat ad aestimandam fidem barbari. 4, 2, 15 mitti ad epistolam perferendam. 3, 25, 4 proficisci ad subigendam Asiam atque ultima orientis. 3, 30, 6 ire ad consolandas eas. 4, 2, 11 venire ad oppugnandum aliquem. 4, 5, 30 concurrere ad delenda praesidia Persarum. 4, 5, 31 victores educere ad populandos agros. 4, 6, 36 mitti ad Hellesponti oram recuperandam. 4, 8, 10 venire ad celebrandum sacrum anniversarium. 4, 16, 24 asseribus corvos illigare ad implicanda navigia. 4, 34, 10 contendere ad alicujus interitum vindicandam. 4, 34, 15 mitti ad liberandam Cretam. 4, 37, 12 occurrere ad inhibendum transitum. 4, 37, 15 paucos equites praemittere ad tentandum vadum fluminis. 4, 43, 1 decem legatos mittere ad novas pacis condiciones ferendas. 4, 45, 1 praemittere aliquem ad itinera occupanda. 4, 47, 10 dimittere aliquos ad corpora curanda. 7, 21, 16 recedere ad curandum corpus. 7, 43, 20 ebenso. 8, 22, 19 discedere ad curanda corpora. 4, 49, 17 convenire ad accipienda imperia. 4, 56, 5 circumvehi ad diripienda hostis impedimenta. 4, 58, 20 discedere ad opprimenda impedimenta. 4, 62, 19 reverti ad ferendam opem suis. 5, 4, 28 cavernae in altitudinem pressae ad accipiendum impetum fluminis. 5, 4, 29 limum egerere ad fundamenta jacienda. 5, 14, 15 partem copiarum opponere ad occupandum iter. 5, 16, 29 militem educere ad occupandas angustias. 5, 18, 10 procedere ad opem petendam. 5, 20, 9 ad quae (centum et viginti milia talentum) vehenda jumenta et camelos contrahi jussit. 5, 22, 5 surgere ad incendendam urbem. 5, 22, 6 concurrere ad opem ferendam. 5, 32, 6 discurrere ad necessaria ex proximo vico ferenda. 6, 4, 3 parco ac parabili victu defungi ad implenda naturae desideria. 6, 9, 15 festinare ad repetendas res. 6, 19, 30 venire ad communicandos cum rege liberos. 6, 23, 25 redire ad expugnandos eos. 6, 27, 34 satellites mittere ad comprehendendum Dimnum. 6, 29, 9 ire ad hostes persequendos. 6, 31, 20 distribui ad alios conjuratos comprehendendos. 6, 42, 11 consurgere ad quaestionem de aliquo habendam. 7, 5, 37 mittere aliquem ad perducendos ex Macedonia milites. 7, 7, 14 ministro aliquo uti ad persequendum aliquem puniendumque. 7, 8, 24 currere ad complectendum aliquem. 7, 20, 10 praecedere ad capiendum locum castris. 7, 22, 19 progredi ad persequendum Bessum. 7, 25, 1 egredi ad petendum pabulum. 7, 26, 15 evocari ad defectionem coërcendam. 7, 27, 17 equites praemittere ad alicujus pertinaciam mitigandam. 7, 29, 1 mittere aliquem ad diruendam urbem. 7, 32, 21 mittere aliquem ad obsidendum Spitamenem. 7, 34, 19 venire ad latrones persequendos. 7, 40, 13 procedere ad ea, quae defectione turbata erant, componenda. 8, 1, 3 equites educere ad coërcendos aliquos. 8, 7, 13 decem dies consumere maxime ad confirmandum pudorem. 8, 9, 26 turres admovere ad augendam formidinem. 8, 10, 33 procedere ad subigendos, qui defecerant. 8, 11, 5 noctes agere inter pellices ad desiderium levandum. 8, 11, 11 venisse ad deplorandam contumeliam. 8, 17, 2 mittere aliquem ad persequendos aliquos. 8, 23, 25 id ad consolandam patientiam verberum, an ad incitandum juvenum dolorem dictum esset, in ambiguo fuisse. 8, 24, 6 uti manibus alicujus ad expetenda supplicia. 8, 34, 2 praemittere aliquem ad subigendos aliquos. 8, 38, 31 procedere ad ea (opera) visenda. 8, 39, 4 dimittere aliquem ad exequenda, quae obtulerat. 8, 46, 17 dolum intendere ad fallendum hostem. 9, 4, 19 mitti ad vastandam regionem. 9, 20, 10 accurrere ah expoliandum corpus. 9, 32, 16 mitti ad opprimendos aliquos. 9, 34, 8 discurrere ad commeatus petendos. 10, 21, 23 discurrere ad diripiendos thesauros. 10, 27, 18 coire ad praestanda (regi) justa. 10, 31, 15 mitti ad interficiendum aliquem.

II. Ad steht zur Bezeichnung der Richtung, welche das Sein oder die Thätigkeit eines Dinges nach einem gewissen Punkte nimmt.

a. Die Richtung wird bestimmt durch Angabe einer Oertlichkeit.

So namentlich bei vergere 3, 10, 7 vergit ad mare Cilicia. 4, 31, 19 qua vergit (sedes) ad occideutem. 6, 2, 17 qua vergit ad septentrionem (terra). 6, 22, 23 (rupes) qua vergit ad orientem. 7, 12, 7 meridiana regio ad mare Indicum vergit. Aehnlich bei se vertere, verti oder converti. 7, 29, 3 Scytharum gens ab oriente ad septentrionem se vertit. 6, 12, 17 ad occasum conversa (terra). 7, 40, 15 duo (oppida) ad meridiem versa. Demnach ist wol auch 5, 13, 7 Medus (amnis) ad mare ad meridiem versus evehitur zu lesen und versus als Participium, nicht als Präposition aufzufassen, da Curtius versus in letzterem Sinne sonst nirgends gebraucht und an allen übrigen Stellen die Richtung einfach nur mit ad bezeichnet. Es ist also auch ad vor meridiem nicht wegzulassen. Durch die Worte ad meridiem versus soll der Ausdruck ad mare evehitur durch Angabe der Himmelsrichtung (gen Süden gewendet) näher bestimmt werden.

3, 24, 10 Parmenioni praeceperat, ut quantum posset agmen ad mare extenderet. 4, 59, 32 nubes pulveris, quae ad coelum ferebatur. 8, 30, 5 Ganges ad meridianam regionem decurrit: inde eum objectae rupes inclinant ad orientem. 4, 37, 16 nec sane alius (amnis) ad orientis plagam tam violentus invehitur, multorum torrentium non aquas solum, sed etiam saxa secum trahens. 4, 21, 3 avium modo, quas naturalis levitas ageret ad sidera. 4, 42, 34 ad coelum manus tendere. Ebenso 6, 27, 28. 8, 45, 11 rates ad ripam dirigere. 10, 24, 19 fugam intendunt ad Euphraten. 4, 1, 3 ad Euphraten contendere. 4, 34, 16 iter ad Euphraten pronuntiari jubet. 3, 6, 7 castra ad Euphraten moveri jubet. 4, 1, 6 castra movet ad urbem Marathon. 9, 4, 22 castra movere ad proximam urbem. 7, 12, 7 (Paropamisadae) Bactrianis ad occidentem conjuncti sunt. 8, 37, 24 ad occidentem et a meridie rupes praecaltas admolita natura est. 10, 3, 17 omni ad orientem maritima regione perdomita. 4, 36, 10 liber prospectus oculorum etiam ad ea, quae procul recessere, permittitur.

b. Durch einen Gegenstand oder eine Person.

Bei aperire oculos 7, 24, 37 aperiat ad hoc spectaculum oculos Dareus. Bei avertere 10, 31, 9 curis omnium ad formandum publicum statum a tam sollemni munere aversis. Bei circumferre 4, 53, 9 ad circumstantia agmina oculos manusque circumferens. 9, [19, 1 jamque laevam, qua clypeum ad ictus circumferebat, lassaverat. 5, 32, 2 nec mirari, hominem mercede conductum omnia habere venalia: sine pignore, sine lare, terrarum orbis exulem, ancipitem hostem, ad nutum licentium circumferri. Bei coire 4, 59, 32 ad sonum notae vocis coire. Bei convertere 3, 5, 10 conversus ad Charidemum Atheniensem. 7, 24, 38 conversus ad Bessum. 8, 4, 28 Clitus ad eos, qui infra ipsum cubabant, conversus. 8, 40, 11 conversus ad corporis custodes. 10, 5, 7 ad cogitationes, quid deinde futurum esset, dolore converso. 4, 11, 22 ad curam semetipsos tuendi ab opere converterant. 8, 13, 16 convertit animum ad vindicandas injurias eorum, quibus a praetoribus suis avare ac superbe imperabatur. 8, 9, 28 mater eademque conjunx, morituram se ante denuntians, quam in ullius veniret potestatem, barbari animum ad honestiora quam tutiora converterat. 5, 4, 15 ad propius periculum agmen convertere. Bei inclinare 6, 35, 28 Amyntas inclinatam ad misericordiam concionem rursus aspera in Philotam oratione commovit. Bei intendere 3, 5, 13 ad nutum monentis intenti. 3, 8, 27 agmen intentum ad ducis non

signum modo, sed etiam nutum. 3, 22, 26 discors exercitus nec ad unum intentus imperium. 4, 25, 1 ad renovandas vires bellumque impigre renovandum intendit animum.
Bei loqui 5, 18, 9 ita locutus ad eos fertur. Bei porrigere 7, 34, 19 ad pecora nostra
avaras et insatiabiles manus porrigis. Bei praeverti 6, 22, 21 praeverti ad Satibarzanem
opprimendum. 7, 3, 26 proinde ad id praevertar, propter quod rei sumus. Bei tendere
4, 55, 23 credite, nunc omnes hos tendere ad vos manus. Bei se versare 6, 23, 27 ver-
sabat se ad omnes cogitationes. Bei vertere 8, 46, 22 incommoda quoque ad bonos eventus
vertente fortuna. Bei vergere 4, 31, 22 nox vergit ad lucem. Bei insignis 9, 19, 1 rem
ausus est incredibilem atque inauditam multoque magis ad famam temeritatis quam gloriae
insignem. Insignis ist eine vox media, wobei der Zusammenhang entscheidet, in welchem
Sinne das Wort jedesmal zu verstehen sei. Hier jedoch handelte es sich um eine Sache,
die in beiderlei Hinsicht eine insignis genannt werden konnte, jedoch so, dass ihr diese
Eigenschaft in einem bei weitem höheren Grade nach der schlimmen Seite hin als nach
der guten hin zukam. 4, 20, 19 Tyros septimo mense, quam oppugnari coepta erat, capta
est, urbs et vetustate originis et crebra fortunae varietate ad memoriam posteritatis insignis,
auf die Zeit der Nachwelt hin, in ferne Zukunft berühmt.

III. Ad bezeichnet wie apud die Nähe bei etwas, so jedoch, dass es 1. hinsicht-
lich seines äusseren Gebrauchs beschränkter ist, sofern es nur bei ört-
lichen oder sächlichen Begriffen, nicht auch bei Personen sich findet,
und dass 2. der sonst beobachtete innerliche Unterschied in der Auffassung beider Präpositionen, wonach apud die Nähe im allgemeinen, ad
dagegen die unmittelbare Nähe bezeichnet, auch bei Curtius unverkenn-
bar sich findet.

So steht es 4, 20, 20 Gades ad Oceanum. 3, 3, 19 classis ad oram Hellesponti. 3,
4, 2 castris ad Babyloniam positis. 4, 36, 10 ad alterum amnem castra posuit. 9, 13,
20 ad flumen Acesinen locat castra. Excubare 3, 30, 3 ad tabernaculum regis. 6, 31,
17 ad praetorium. 8, 23, 22 ad cubiculi limen. 8, 22, 13 stare ad fores. 7, 9, 28 ad
aditum nemoris adstare. 6, 31, 18 ad omnes aditus dispositi erant equites. 3, 26, 2 ad
jugum montis subsistere. 7, 13, 17 ad prima signa adesse. So auch in der Redensart ad
manum esse oder positum esse, zur Hand sein, in unmittelbarer Nähe sein 4, 10, 18
magna vis saxorum ad manum erat. 8, 39, 8 ad manum silva erat, 9, 12, 14 cur circuitu
petis gloriam, quae ad manum posita est. —

Schulnachrichten.

I. Lehrpensa,
die im Schuljahr 1873/74 absolvirt worden sind.

I. Religion. a, evangelische: Sexta und Septima combinirt 2 Stdn. Biblische Geschichte des alten und neuen Testaments nach Preuss. Das 1. und 2. Hauptstück mit den zugehörigen Bibelsprüchen, 5 resp. 10 Kirchenlieder. — Quinta und Quarta comb. 2 Stdn. Beendigung der biblischen Geschichte nach Preuss. 3. und 4. Hauptstück, Wiederholung des ersten und der Kirchenlieder, 5 resp. 10 neue. — Tertia a u. b comb. 2 Stdn. Vervollständigung der alt- und neutestamentlichen Bibelkunde durch Lectüre wichtiger Abschnitte A. und N. T. Die Gründung der Kirche nach der Apostelgeschichte. Wiederholung und Vervollständigung des Katechismus. Einige Psalmen wurden gelernt und erklärt. — Secunda 2 Stdn. Einleitung in die Briefe des neuen Testamentes. Christliche Glaubens- und Sittenlehre im Anschluss an die Lectüre der paulinischen Briefe.

b, katholische Religion: Sexta u. Septima comb. 2 Stdn. Die Lehre vom Glauben nach dem Diöcesankatechismus. Biblische Geschichte von der Schöpfung bis zu Christi Ankunft nach Barthel. — Quinta u. Quarta comb. 2 Stdn. Nach dem Diöcesankatechismus die Lehre von der göttlichen Tugend der Hoffnung, von den heiligen Sakramenten im allgemeinen und im besonderen. Biblische Geschichte von der Ankunft Christi bis zu den letzten Schicksalen der Apostel nach Barthel. — Tertia a und b comb. 2 Stdn. Glaubenslehre nach dem ersten Theile des Handbuches von Dubelmann. Religionsgeschichte von Christi Geburt bis auf die Jetztzeit nach dem Handbuch von Barthel.

2. Deutsch. Septima 6 Stdn. Lesen, Erklären und Wiedererzählen von Stücken aus Seltzsams Lesebuche. Memoriren und Vortragen kleiner Gedichte. Orthographische Uebungen. Kenntnis der Redetheile. Decliniren und Conjugiren. Der einfache Satz. — Sexta 4 Stdn. Lesen, Erklären und mündliches Nacherzählen einer Anzahl Lesestücke aus Schulz' Lesebuche I. Abth. I. Absch. des prosaischen und I. Abschnitt des poetischen Theils; cursorische Lectüre. Das Wichtigste aus der Formenlehre excl. der Partikeln. Der einfache und der einfach erweiterte Satz und zur Uebung in der Interpunction auch die einfacheren Formen des zusammengesetzten Satzes. Orthographische Uebungen und alle 8 Tage ein Dictat oder schriftliche Reproduction eines memorirten Lesestückes. Quinta 4 Stdn. Lesen von längeren Fabeln, Parabeln und Erzählungen, so wie von Mythen und

Sagen nach Schulz' Lesebuche. Auswendiglernen von Gedichten und ausgewählten prosaischen Stücken. Formenlehre, orthographische und Interpunctionsübungen, im Anschlusse daran das Wichtigste aus der Satzlehre. Alle 14 Tage eine schriftliche Arbeit. Quarta 3 Stdn. Lectüre und Erklärung prosaischer und poetischer Stücke aus Schulz' Lesebuche. Memorir- und Declamirübungen. Satzlehre nach Schulz' Grammatik. Der einfache und zusammengesetzte Satz. Zweiwöchentliche Aufsätze erzählenden oder beschreibenden Inhalts. — Tertia b 3 Stdn. Lectüre und Erklärung von prosaischen und poetischen Musterstücken aus Schulz' Lesebuche. Declamation von Gedichten. Lehre vom zusammengesetzten Satze nach Schulz' Grammatik und im Anschluss an die Lectüre. Uebungen im Disponiren. Alle 3 Wochen ein Aufsatz, meist nach gegebener Disposition. — Tertia a 3 Stdn. Lesen und Erklären prosaischer und poetischer Stücke aus Schulz' Lesebuche, im Winterhalbjahr das Nibelungenlied in der Simrockschen Uebersetzung. Gelegentliche Belehrungen über Metrik. Abschluss der Grammatik mit besonderer Berücksichtigung der Unterschiede zwischen der deutschen und den den Schülern bekannten fremden Sprachen. Anfänge der Synonymik und Wortbildung. Anleitung zum Disponiren und Aufsuchen der Disposition gelesener Stüke. Wöchentlich Vortrag von Gedichten, abwechselnd mit freien Vorträgen aus der Privatlectüre, den gelesenen Autoren und dem Geschichtsunterricht. Alle 3 Wochen ein Aufsatz über vorher besprochene möglichst der Klassenlectüre entlehnte Themata. — Secunda 3 Stdn. Erläuterung der epischen und lyrischen Dichtungsarten im Anschlusse an die Lectüre ausgewählter Stücke aus Voss' Homerübersetzung, Simrocks Uebertragung des Nibelungenliedes, Schiller, Bürger, Uhland u. A. Recitationen und freie Vorträge. Logische Uebungen, Synonyma, leichtere Definitionen im Anschlusse an Disponirübungen. Aufsätze über folgende Themata: 1. Inhaltsangabe des ersten Gesanges der Odyssee. 2. Zusammentreffen des Odysseus mit Nausikaa. 3. Telemach das Ideal eines Jünglings. 4. Caesars Kampf mit den Nerviern. 5. Warum feiern wir den Tag von Sedan? 6. „Drei Kiele kenn ich, die gewaltig sind." Rückert. 7. Hagen und Volker im Nibelungenliede. 8. Die Bedeutung des Ackerbaues für die menschliche Gesittung. 9. Der Raub der Proserpina nach Ovids Metamorphosen (V, 346—408) in Prosa übersetzt. 10. Blinder Eifer schadet nur. (Chrie.) 11. Das Mittelmeer in seiner weltgeschichtlichen Bedeutung (Klausurarbeit.)

3. **Latein.** Sexta 8 Std. Die 5 Declinationen, die 4 Conjugationen, die Zahlwörter und die Pronomina. Mündlich und schriftlich wurden nach Scheeles Vorschule die §§ 1 —25 übersetzt und die Vocabeln memorirt. Wöchentlich ein Exercitium oder Extemporale. — Quinta 6 Stdn. Die unregelmässige Formenlehre und Wiederholung der regelmässigen nach Scheeles Vorschule Thl. I. Uebersetzung der Uebungsstücke von § 25 bis zu Ende. Auswendiglernen der im Wörterverzeichnis enthaltenen Vocabeln und Wiederholung der in Sexta gelernten. Wöchentlich ein Exercitium oder Extemporale. — Quarta 6 Stdn. Casuslehre nach Spiess. Einübung der Regeln nach Scheeles Vorschule Thl. II. Gelegentliche Wiederholung des grammatischen Pensums der Sexta u. Quinta, so wie regelmässige Wiederholung der in Sexta u. Quinta nach Scheeles Vorschule Thl. I. gelernten Vocabeln. Zweiwöchentliche Exercitien, gelegentliche Extemporalien. 3 Stdn. Gelesen wurde Wellers kleiner Herodot. 3 Stdn. — III, b. 5 Stdn. Wiederholung und Erweiterung der Lehre von den Casus; der Infinitiv, das Gerundium, das Supinum und das Participium; der Conjunctiv nach den Conjunctionen ut, ne, quum und Relativis nach Spiess. Schriftliches und mündliches Uebersetzen aus Scheeles Vorschule II. Thl. Memoriren von Vocabeln und Re-

petition der früher gelernten. Zweiwöchentliche Exercitien und Extemporalien. Lectüre: im Sommer Lhommonds Viri illustres, im Winter Caesar de bello gallico I. — Tertia a 5 Stdn. Wiederholung und Vervollständigung des syntactischen Pensums der Quarta u. Unter-Tertia. Beendigung der Syntax des Verbs nach Spiess' Regeln und Scheeles Vorschule Thl. II., Lehrgg. II. Zweiwöchentliche Exercitien oder Extemporalien. Lectüre: Caesar de bello gallico. I—III. 3 Stdn. Secunda 4 Stdn. Repetition der Grammatik im Anschlusse an fortgesetzte schriftliche Uebungen. 1 Std. Weitere Lectüre von Caesars Commentarien, im Winter Ovids Metamorphosen nach Rankes Chrestomathie. 3 Stdn.

   4. Französisch. Quinta 5 Stdn. Ploetz' Elementargrammatik bis Lection 60. Besondere Einübung der beiden ersten regelmässigen Conjugationen. Alle 8 Tage ein Exercitium oder Extemporale. — Quarta 5 Stdn. Ploetz' Elementargrammatik beendet. Alle 14 Tage ein Exercitium oder Extemporale. — Tertia b 4 Stdn. Nach Ploetz' Schul-Grammatik die unregelmässigen Verben. Anwendung von avoir und être, reflexive und unpersönliche Verben bis Lextion 29 excl.. Lectüre aus Ploetz' Chrestomathie 2 Stdn. Alle 14 Tage ein Exercitium oder Extemporale. — Tertia a 4 Stdn. Ploetz' Schulgrammatik repetirt und fortgesetzt bis Lextion 50 excl.. Lectüre aus Ploetz' Chrestomathie und schriftliche Arbeiten wie in Tertia b. Secunda 4 Stdn. Beendigung der Ploetz'schen Schulgrammatik und Repetition der gesammten Elementargrammatik. 4 wöchentliche Exercitien und Extemporalien. Lectüre: Ferry, Scènes de la vie mexicaine.

   5. Englisch. Tertia b 4 Stdn. Die methodische Elementarstufe auf Grundlage der Aussprache nach Zimmermanns Lehrbuche Thl. I.; darauf der systematische Cursus bis zu den unregelmässigen Verben. Alle 14 Tage eine Extemporale oder Exercitium. — Tertia a, 3 Stdn. Beendigung des systematischen Cursus (Formenlehre in Verbindung mit den wichtigsten Regeln der Syntax) in Zimmermanns Lehrbuch. Lectüre aus dem Anhange desselben. Schriftliche Arbeiten wie in Unter-Tertia. — Secunda 3 Stdn. Repetition und Erweiterung der Formenlehre; Satzlehre. Schriftliche Arbeiten wie im Französischen. Lectüre: Bulwer, The pilgrims of the Rhine.

   6. Mathematik und Rechnen. Septima 6 Stunden. Die vier Species mit unbenannten Zahlen im unbegrenzten Zahlenraume. Kleinere Aufgaben mit mehrfach benannten Zahlen. Vorcursus des Bruchrechnens. Blümels Rechenheft 2. — Sexta 5 Stdn. Das Resolviren und Reduciren; die 4 Species mit unbenannten und benannten Zahlen, gemeinen und Decimalbrüchen. Verhältnis- und Zeitrechnung. Blümels Rechenheft 3. Quinta 4 Stdn. Wiederholung des Pensums der Sexta; die vier Species mit gemeinen Brüchen. Endliche und periodische Decimalbrüche. Einfache Regeldetri mit ganzen Zahlen und Brüchen. Blümels Rechenheft 4. Anschauungsunterricht an geometrischen Körpermodellen. Uebungen im geometrischen Zeichnen. 1 Stunde. — Quarta 6 Stdn. a, Repetition des Bruchrechnens incl. der Decimalbrüche. Das abgekürzte Verfahren beim Decimalbruchrechnen. Einfache und zusammengesetzte Regeldetri mit ganzen Zahlen und Brüchen und Anwendung auf die bürgerlichen Rechnungsarten. Kettenregel. Einfache Beispiele aus der Flächen- und Raumrechnung. 3 Stdn. b, Planimetrie 3 Stdn. Die Lehre von den Winkeln und Parallellinien, von den Dreiecken und Vierecken nach Mehlers Hauptsätzen der Elementar-Mathematik. Alle 4 Wochen eine schriftliche Arbeit. — Tertia b, 6 Stdn. a, Rechnen 2 Stdn. Zins-, Rabatt-, Discont- und Wechselrechnung. Flächenberechnung im Anschlusse an geometrische Lehrsätze. Quadrat- und Kubikwurzelausziehen. — b,

3 *

Arithmetik 2 Stdn. Addition, Subtraction, Multiplication und Division absoluter und rela-
tiver unbestimmter Zahlen. Quadriren und Kubiren zusammengesetzter Ausdrücke. — c,
Planimetrie 2 Stdn. Repetition der Lehre von den Dreiecken und Vierecken. Flächen-
sätze, Lehre vom Kreise, den Polygonen und von den merkwürdigen Punkten im Dreieck.
Alle 4 Wochen eine schriftliche Arbeit. — Tertia a 5 Stdn. a, Arithmetik 3 Stdn. Division von Polynomen. Die Lehre von den Proportionen, Potenzen und Wurzeln. Gleichungen
ersten Grades mit einer und mehreren Unbekannten. Wiederholung der bürgerlichen Rechnungsarten, Gesellschafts- und Mischungsrechnung mit Hilfe algebraischer Gleichungen.
b, Planimetrie 2 Stdn. Die Lehre von der Aehnlichkeit der Figuren. Proportionalität
am Kreise. Geometrische Constructionsaufgaben. Vierwöchentliche schriftliche Arbeiten.
Secunda 5 Stdn. a, Arithmetik 2 Stdn. Repetition der Lehre von den Potenzen und
Wurzeln. Logarithmen und Gleichungen 2. Grades. Zinseszinsrechnung. b, Geometrie
3 Stdn. Im Sommer Anfangsgründe der Stereometrie, im Winter der Trigonometrie. Geometrische Constructionsaufgaben. Berechnung des Kreises.

 7. **Naturwissenschaften.** Septima. Der Anschauungsunterricht in dieser Klasse
4 Stdn. knüpfte zum Theil an die Betrachtung von Naturkörpern, zum Theil an die Winkel-
mannschen Bilder an. — Sexta 2 Stdn. Im Sommer botanischer, im Winter zoologischer
Anschauungs-Unterricht. Uebungen im Beschreiben einzelner Pflanzen und Thiere, die
letzteren nach ausgestopften, die ersteren nach frischen Exemplaren, zur Bildung des
Beobachtungssinnes und Einübung der Terminologie. — Quinta 2 Stdn. Im Sommer:
Beschreibung von Repräsentanten des natürlichen Pflanzensystems. Art- und Gattungs-
begriff. Anfänge des Linnéschen Systems. Im Winter: Beschreibung von Repräsentanten
der Säugethiere und Vögelordnungen. — Quarta 2 Stdn. Im Sommer: Das Linnésche
Pflanzensystem und Benutzung desselben zum Bestimmen einheimischer Gewächse nach
Garckes Flora. Einige leichtere Familien des natürlichen Systems wurden eingehender be-
trachtet. Anlegung eines nach dem natürlichen System geordneten Herbariums der beschrie-
benen Pflanzen. Im Winter: Beschreibung von Reptilien, Fischen und Repräsentanten der
Insectenordnungen nach Exemplaren der Sammlung und mit Benutzung von Schillings Schul-
naturgeschichte. — Tertia b, 2 Stdn. Im Sommer: Fortgesetzte Uebungen im Bestimmen
einheimischer Pflanzen und allmähliche Erweiterung der Kenntnis des natürlichen Pflanzensystems und des Herbariums durch botanische Excursionen. Im Winter: Die wirbellosen
Thiere u. Uebersicht über das Thierreich. — Tertia a. a, Naturbeschreibung 2 Stdn. Im Sommer:
Wiederholung und Erweiterung des botanischen Pensums der Quarta und Unter-Tertia.
Eingehendere Betrachtung insbesondere der einheimischen Umbelliferen, Compositen, Lilia-
ceen, Irideen und Orchideen. Fortgesetzte Uebungen im Bestimmen nach Garckes Flora
und Erweiterung des Herbars. b, Physikalische Propädeutik. 2 Stdn. im Anschluss an
Emsmanns Physikalische Vorschule. — Im Winter: Elemente der Mineralogie und che-
mische Propädeutik 4 Stdn. Die letztere im Anschluss an Arendts Lehrbuch I. Abtheilung.
— Secunda 6 Stdn. a, Physik: 2 Stdn. Einleitung in die Mechanik, Magnetismus und
Electricität. b, Chemie 2 Stdn. Die Metalloide und ihre wichtigsten Verbindungen. c,
Naturbeschreibung. 2 Stdn. Im Sommer: Fortgesetzte Uebungen im Bestimmen ein-
heimischer Gewächse. Uebersicht der Phanerogamen nach dem natürlichen System. Im
Winter: Das Wichtigste von der Anatomie und Physiologie des menschlichen Körpers.

 8. **Geographie und Geschichte.** Sexta 2 Stunden. Die geographischen Grundbegriffe möglichst aus der Anschauung gewonnen. Allmähliche Erweiterung des geo-

graphischen Gesichtskreises der Schüler bis zu einer Uebersicht von Deutschland. Fortgesetzte Uebungen im Orientiren: im Zimmer, im Freien und auf der Karte. Kartenlesen. Ausflüge in die Umgegend behufs Gewinnung unmittelbarer geographischer Anschauungen. — Quinta 3 Stdn. Erweiterung und Vervollständigung der Grundbegriffe zum Zwecke einer Uebersicht über Europa 2 Stdn. Biographien aus der Geschichte der orientalischen Völker von Noah bis Themistokles nach Schwartz. 1 Std. — Quarta 4 Stdn. Die Mittelmeerländer, Asien und Afrika, der indische und atlantische Ocean. Kugelgestalt der Erde und Grundbegriffe der mathematischen Geographie nach Daniels Leitfaden. Amerika und Australien in übersichtlicher Darstellung. 2 Stdn. Griechische Geschichte bis zum Tode Alexanders des Grossen, dann römische bis Titus nach Schwarz' Handbuch, Cauers Tabellen und Kieperts Karten zur alten Geographie. 2 Stdn. — Tertia b 4 Stdn. Geographie von Deutschland nach Daniels Lehrbuch. 2 Stdn. Deutsche Geschichte bis zum Ausgange des Mittelalters nach Eckertz' Hilfsbuch und Cauers Tabellen. 2 Stdn. — Tertia a, 4 Stdn. Ausserdeutsche Länder Europas nach Daniels Lehrbuch. 2 Stdn. Brandenburgisch-preussische Geschichte und Beendigung der deutschen nach Eckertz. 2 Stdn. — Secunda 3 Stdn. Geschichte des Alterthums mit besonderer Berücksichtigung der Gesetzgebungen, Staatsverfassungen, Religions- und Culturverhältnisse unter Benutzung von Herbsts historischem Hilfsbuch. Geographie der aussereuropäischen Erdtheile nach Daniels Lehrbuch.

Unterricht im Zeichnen, Schreiben, Gesang und Turnen.

Im Zeichnen waren die Schüler der Secunda und der beiden Tertien in zwei Abtheilungen gebracht. Die I. Abtheilung umfasste die Secundaner und die geübteren Schüler der beiden Tertien, die II. Abtheilung die weniger fortgeschrittenen Tertianer. Alle anderen Klassen bildeten je eine Zeichenklasse. In ähnlicher Weise umfasste die erste Gesangsklasse die geübteren Sänger von Quinta an aufwärts, während die weniger geübten die zweite Gesangsklasse bildeten; die Sextaner und Septimaner endlich sangen klassenweise und so wurde auch der Schreibunterricht ertheilt.

Im Turnen waren während des Sommers sämmtliche Schüler in 2 Abtheilungen gebracht, die unter Leitung des Unterzeichneten und des Herrn Dr. Bauch, welche dabei von den Herren Oberlehrern Dieckmann und Oyen abwechselnd unterstützt wurden, auf dem Turnplatze gleichzeitig turnten. Beim Winterturnen bildete die Sexta eine besondere Abtheilung, die von dem Lehrer der Vorbereitungsklasse Herrn Hentschel unterrichtet wurde, die übrigen Klassen turnten gleichzeitig in 3 Abtheilungen unter Leitung des Unterzeichneten und der Herren Dr. Bauch und Pietzker. Die neue erst seit Neujahr in Gebrauch genommene Turnhalle ist so geräumig, dass 130—140 Schüler bei gehöriger Aufsicht gleichzeitig darin turnen können, wenn auch im Interesse des Unterrichtes es sich empfiehlt, nur eine kleinere Zahl gleichzeitig turnen zu lassen. Zunächst konnte indess die erforderliche Zeit für eine grössere Anzahl Turnstunden mitten im Semester nicht gewonnen werden.

Dispensirt waren vom Turnen 8 Schüler und zwar auf Grund ärztlicher Zeugnisse.

II. Vertheilung der Lehrgegenstände im Winterhalbjahr 1873/74.

	Lehrer.	Ordinariate.	Secunda.	Ober-Tertia.	Unter-Tertia.	Quarta.	Quinta.	Sexta.	Vorbereitungsklasse.	Summ.
1	Dr. Wossidlo, Director.	II.	3 Deutsch. 2 Chemie. 2 Naturbeschreibung.	2 physikal. u. chemische Propädeutik. 2 Naturb.	2 Naturbeschreibung.	3 Mathem.				16 inclus. Vertr-st
2	Dieckmann II. Oberlehrer	III,a	3 Geschichte und Geographie.	3 Deutsch. 5 Latein. 4 Geschichte u. Geograph.	5 Latein.	4 Französ.				24 inclus. Vertr-st
3	Oyen, III. Oberl.	III,b	4 Französ. 3 Englisch.	4 Französ. 3 Englisch.	3 Deutsch. 4 Französ. 4 Englisch.					25 inclus. Vertr-st
4	Gründler, I. ordentlich. Lehrer.	IV.	4 Latein.		3 Deutsch. 6 Latein. 4 Geschichte u. Geograph.	6 Latein.				23 inclus. Vertr-st
5	Dr. Montag III. ordentl. Lehrer.		Beurlaubt zur commissarischen Verwaltung eines Kreisschuleninspectorats.							
6	Kutzi, V. ordentl. Lehrer.	VI.	2 Gesang (1. Gesangsklasse).			3 Rechnen. 2 Naturb. 2 Schreiben.	2 Naturb. 2 Schreiben.	4 Deutsch. 5 Rechnen. 2 Naturb. 2 Geograph. 3 Schreiben.		29 inclus. Vertr-st
7	Dr. Bauch, wissensch. Hilfslehrer, cand. prob.	V.			4 Geschichte und Geographie.		4 Deutsch. 5 Französ. 3 Geograph. u. Geschichte	8 Latein.		24 inclus. Vertr-st
8	Pietzker, wissensch. Hilfslehrer, cand. prob.		5 Mathemat. 2 Physik.	5 Mathemat.	6 Mathemat.		4 Rechnen und geometrische Propädeutik.			22
9	Kaplan Kick, katholischer Religionsl.			2 Religion.		2 Religion.		2 Religion.		6
10	Vicar Gemberg, evangelisch. Religionsl.		2 Religion.	2 Religion.		2 Religion.				6
11	Kgl. Maschinenmstr. z. D. Sotzmann, Zeichenlehr.		2 Zeichnen (1. Zeichenklasse.) 2 Zeichnen (2. Zeichenklasse.)			2 Zeichnen.	2 Zeichnen.	2 Zeichnen.		10
12	Hentschel, Lehrer der Vorbereit-kl.		2 Gesang (2. Gesangsklasse.)					2. Gesang.	2 Religion. 6 Deutsch. 6 Rechnen. 4 Anschauungsunterricht. 4 Schreiben. 2 Gesang.	28

III. Verzeichnis der im verflossenen Schuljahre an der Anstalt gebrauchten Lehrbücher und gelesenen Schriftsteller.

1. **In der Religion:**
   a) in der evangelischen: Reymann's Katechismus, Preuss' biblische Geschichte, die 80 Kirchenlieder und die lutherische Bibelübersetzung;
   b) in der katholischen: der Breslauer Diöcesan-Katechismus, Barthels biblische Geschichte und dessen Religionsgeschichte.

2. **Im Deutschen:** in der Vorbereitungsklasse: Seltzsam's deutsches Lesebuch 1. 2. Theil; in den Realschulklassen: B. Schulz' deutsches Lesebuch für höhere Lehranstalten und dessen Grammatik. Zur Lectüre: in Tertia a, das Nibelungenlied übersetzt von Simrock, in Secunda Homers Werke übersetzt von Voss, Schillers und Bürgers Gedichte.

3. **Im Lateinischen:** Scheeles Vorschule zu den lateinischen Klassikern 1. Theil, von Quarta ab auch der 2. Theil und Spiess, die wichtigsten Regeln der Syntax. Zur Lectüre: in Quarta Wellers kleiner Herodot, in Tertia b Lhommond's Viri illustres und Caesar. Derselbe auch in Tertia a u. Secunda, in letzterer ausserdem Rankes Chrestomathie aus lateinischen Dichtern.

4. **Im Französischen:** Ploetz' Elementargrammatik in Quinta und Quarta, desselben Schulgrammatik in Tertia und Secunda. Lectüre in Tertia: Ploetz' Lectures choisies, in Secunda: Ferry, Scènes de la vie mexicaine.

5. **Im Lateinischen:** in Tertia Zimmermanns Lehrbuch der englischen Sprache; in Secunda desselben Grammatik der englischen Sprache und zur Lectüre: Bulwer The pilgrims of the Rhine.

6. **Im Rechnen:** Blümels Aufgaben zum Zifferrechnen das 2. bis 6. Heft in den resp. Klassen Septima — Tertia.

7. **In der Mathematik:** Mehlers Hauptsätze der Elementar-Mathematik von Quarta, Bardeys Arithmetische Aufgaben-Sammlung von Tertia ab.

8. **In den Naturwissenschaften:** Schillings kleine Schul-Naturgeschichte von Sexta bis Tertia, Garckes Flora von Quarta ab, Thomés Lehrbuch der Zoologie in Secunda. Emsmann's Leitfaden zur physikal. Vorschule in Tertia a, desselben Elemente der Physik in Secunda, desgl. Rüdorff, Grundriss der Chemie;

9. **In der Geographie:** Daniels Leitfaden von Sexta bis Quarta und dessen Lehrbuch von Tertia b ab. Liechtenstern und Lange, von Sydow oder Kieperts Atlanten und des letzteren Karten zur alten Geographie.

10. **In der Geschichte:** Schwartz' Handbuch für den biographischen Geschichtsunterricht 1. Theil in Quinta und Quarta, Cauers Geschichtstabellen von Quarta ab, *) Eckertz' Hilfsbuch für deutsche Geschichte in Tertia b und a und Herbst historisches Hilfsbuch für die oberen Klassen. 1. Theil in Secunda.

11. **Im Gesange:** Thoma, deutscher Liedergarten Heft 1; für die erste Gesangsklasse Heft 2 und 3.

12. **Im Turnen:** Müttrich u. Friedländer, Merkbüchlein für Vorturner höherer Lehranstalten.

---

*) Schwartz und Cauer werden von Ostern c. ab mit Genehmigung des Königl. Provinzial-Schul-Collegiums durch Jaegers Hilfsbuch für den ersten Unterricht in der alten Geschichte ersetzt.

IV. Verordnungen und Zuschriften der Behörden.

1873.

2. April. Das Königl. Provinzial-Schul-Collegium theilt in Abschrift eine Verfügung Sr. Excellenz des Herrn Ministers mit, worin Bericht über die Subsistenzmittel der höheren Lehranstalten gefordert wird, und verlangt binnen 8 Tagen tableaumässige Uebersicht über die einschlagenden Verhältnisse der hiesigen Anstalt.

9. April. Das Realschul-Curatorium benachrichtigt den Director, dass die fällige Dividende des Klausa'schen Stipendiums im Betrage von 200 Thalern und die Zinsen des Stipendiums der Maurer- und Zimmermeister-Innung zu Gleiwitz im Betrage von 2 Thlr. 7 Sgr. 6 Pf. vertheilt werden können. *)

21. Mai. Das Königliche Provinzial-Schul-Collegium giebt von einer Verfügung des Herrn Ministers Kenntnis, wonach alljährlich ein Programm der Anstalt an den Vorstand der Comeniusstiftung in Leipzig einzusenden ist.

24. Mai. Durch Circular-Rescript wird mitgetheilt, dass die dritte schlesische Directoren-Conferenz in Schweidnitz und zwar am 19., 20. und 21. Juni abgehalten werden wird.

13. Juni. Auf den Antrag des Directors wird genehmigt, dass die Sommerferien in diesem Jahre ausnahmsweise am 28. Juni beginnen und den 27. Juli schliessen.

20. Juni. Das Realschul-Curatorium ersucht, den Schülern baldigst davon Kenntnis zu geben, dass vom 1. Juli c. ab das jährliche Schulgeld für Sexta und Quinta auf 20, für Quarta u. Tertia anf 24, für Secunda u. Prima auf 28 Thlr. erhöht worden sei.

12. August. Das Königliche Provinzial-Schul-Collegium stellt dem Director die angemessene Feier des Sedantages seitens der Schule als eines Nationalfestes anheim.

6. Septemb. Das Realschul-Curatorium giebt Mittheilung, dass dem zum Kreisschuleninspector designirten Collegen Dr. Montag auf seinen Antrag ein sechsmonatlicher Urlaub vom 1. October ab unter der Bedingung bewilligt worden ist, dass bis dahin eine geeignete Vertretung beschafft werden könne.

21. Septemb. Das Königliche Provinzial-Schul-Collegium genehmigt die vom Director bezüglich der Vertretung des Dr. Montag gemachten Vorschläge;

28. Septemb. fordert d. C. V. umgehend Anzeige, an welchen katholischen Feiertagen der Unterricht an der Anstalt herkömmlich ausfalle;

5. Decemb. bestimmt, dass die Weihnachtsferien diesmal vom 23. Dezember 1873 bis 7. Januar 1874 dauern.

---

*) Ueber die geschehene Vertheilung cfr. hinten den Abschnitt: Geschenke und Stiftungen.

24. Decemb. Der Herr Ober-Präsident übersendet zwei Geschichtswerke von Riedel zum Geschenk für die Bibliothek.

1874.

10. Januar. Der Geheime Ober-Regierungsrath Herr Dr. Wiese in Berlin fordert im Namen des Herrn Ministers d. C. V. Beantwortung einer Reihe von Fragen, die sich auf die Fortsetzung der von Dr. Wiese herausgegebenen historisch-statistischen Darstellung des höheren Schulwesens in Preussen beziehen.

19. Januar. Das Königliche Provinzial-Schul-Collegium eröffnet dem Director auf seinen bezüglichen Antrag, dass es noch im Laufe des Schuljahrs eine Revision der Anstalt, namentlich der Secunda vornehmen werde;

26. Januar. präcisirt eine Verfügung vom 20. November 1873 dahin, dass bei der Aufnahme von Schülern, die das zwölfte Lebensjahr bereits überschritten haben, nicht bloss der Nachweis der ersten Impfung, sondern auch der Revaccination zu fordern ist;

29. Januar. genehmigt die Uebertragung des Revisorates über die Schulen Trockenberg, Radzionkau und Rudy-Piekar an den Realschullehrer Kutzi unter Vorbehalt des Widerrufes;

10. Februar. theilt mit, dass (nach Aufnahme mehrerer neuen Anstalten in den Programmentausch) hinfort jährlich 345 Exemplare des Jahres-Programmes der Anstalt einzureichen sind;

19. Februar. fordert den Director auf, für die im Jahre 1876 abzuhaltende vierte schlesische Directoren-Conferenz geeignete Themata nach vorgängiger Berathung in den Lehrer-Conferenzen binnen 2 Monaten in Vorschlag zu bringen;

23. Februar. genehmigt die Einführung von Jaegers Hilfsbuch für die alte Geschichte in Quarta und die für die Lectüre im Französischen und Englischen in Vorschlag gebrachten Bücher.

V. Chronik.

Das hervorragendste Ereignis des verflossenen Schuljahrs, welches Montag den 21. April in herkömmlicher Weise eröffnet wurde, ist der Einzug der Anstalt in ihr neues Schulgebäude. Dieses, im Sommer 1871 begonnen und im Herbst 1872 im Rohbau vollendet, war Johannis 1873 endlich so weit fertig geworden, dass es wenigstens die Klassen in sich aufnehmen konnte. Die Uebersiedelung derselben aus den provisorischen Schulräumen noch vor Fertigstellung des neuen Schulgebäudes war durch mehrere Umstände geboten. Die Schule war nämlich von Ostern v. J. ab, wo die Zahl der Klassen auf 8 anwuchs, in 3, an verschiedenen Strassen gelegene Gebäude untergebracht, ein Uebelstand, der die einheitliche Leitung der Anstalt fast unmöglich machte und daher dringende Abhilfe heischte. Dazu kam, dass ein Theil der gemietheten provisorischen Schullokale zu Johannis ohnehin geräumt werden musste und andere in der Nähe nicht hatten beschafft werden können.

Inzwischen war die innere Einrichtung des neuen Schulgebäudes noch so weit zurück, dass weder die Aula noch der Zeichensaal, weder die physikalischen und chemischen Lehr- noch Bibliothek- und Sammlungszimmer in Gebrauch genommen werden konnten. Unter diesen Umständen musste von einer Einweihung des Gebäudes beim Einzuge der Schule Abstand genommen werden; es bedurfte noch einer mehr als halbjährigen angestrengten Thätigkeit zur Fertigstellung besagter Unterrichtsräume, so dass die schöne Aula erst am bevorstehenden Geburtstage Sr. Majestät des Kaisers ihrer Bestimmung übergeben werden wird.

Einen würdigen Abschluss der für die Unterrichtszwecke der Realschule bestimmten baulichen Einrichtungen bildete die Herstellung einer geräumigen Turnhalle auf dem Grundstücke und in unmittelbarer Nähe des Schulgebäudes, also unter den für die Erreichung des Zweckes günstigsten Bedingungen. Wiederum haben die städtischen Behörden, indem sie das für die hiesige Stadt sehr erhebliche Opfer (6000 Thlr.) für die Erbauung einer Schulturnhalle und zugleich die unverzügliche Ausführung des Baues beschlossen, einen hohen Beweis ihrer Opferfreudigkeit für die Bildung und Erziehung der Jugend gegeben und den Schwesterstädten in der Beherzigung des alten Spruches: Mens sana in corpore sano, ein leuchtendes Vorbild. Dank der raschen Förderung des Baues konnte die neue Turnhalle, Michaelis 1873 erst begonnen, nach Neujahr schon in Gebrauch genommen werden.

Und so ist die junge Anstalt nach fast vierjährigem Provisorium, das ihre Entwicklung nicht wenig erschwert hat, nunmehr im Besitz von so schönen und zweckentsprechenden Räumlichkeiten für alle ihre Unterrichtszwecke, wie sie, so weit des Unterzeichneten Kenntnis reicht, zur Zeit kaum eine andere ähnliche Anstalt in der Provinz und selbst in weiteren Kreisen aufzuweisen hat.

Wenn bezüglich der äusseren und inneren Einrichtung des Schulgebäudes der Fürsorge der städtischen Behörden, wie der Liberalität der Herren Donatoren *) die vollste Anerkennung gebührt, so nicht minder der wärmste Dank für das rückhaltslose Entgegenkommen, das dem Lehrer-Collegium bezüglich der Einführung des sogenannten neuen Normaletats zu Theil wurde. Das Verdienst des Beschlusses, die Lehrer der hiesigen städtischen Realschule denen der Staatsanstalten in den Gehaltsverhältnissen gleich zu stellen, wird nicht dadurch gemindert, dass die Patronatsbehörde wegen der ungünstigen Vermögenslage der Commune genöthigt war, die Hilfe des Staates zur Ausführung des Normaletats in Anspruch zu nehmen. Zögerten die städtischen Behörden doch nicht, als die Unterhandlungen mit der königlichen Staatsregierung wegen Zahlung eines Staatszuschusses zu den Unterhaltungskosten der Anstalt auf Schwierigkeiten stiessen und sich in die Länge zogen, die neuen Gehaltssätze vorschussweise aus der Stadtkasse zu zahlen. Hoffen wir im Interesse der Commune, die für die Begründung und Einrichtung ihrer Realschule wie für die Hebung ihres Schulwesens überhaupt in den letzten Jahren so grosse Opfer bis an die Grenze ihrer Leistungsfähigkeit gebracht hat, dass die mit der königl. Staatsregierung wegen eines Staatszuschusses zur Zeit noch schwebenden Verhandlungen baldigst zu einem erfreulichen Ergebnis führen und damit der Commune eine Erleichterung ihrer Sorgen, wie die wohlverdiente Anerkennung ihrer Opferfreudigkeit zu Theil werde.

---

*) Cfr. das erste Jahres-Programm der hiesigen Realschule 1870 pg. 12.

Als erste und unerlässliche Bedingung für die Zahlung eines Staatszuschusses war von der staatlichen Oberaufsichtsbehörde die Erhöhung des Schulgeldes von 12, 16 und 20 auf durchschnittlich 24 Thlr. bezeichnet worden. Mit schwerem Herzen und nicht ohne Besorgnis nachtheiliger Folgen für die weitere Entwicklung der Anstalt, welche überwiegend von Söhnen unbemittelter Eltern besucht wird, hat sich die Patronatsbehörde dieser Forderung gefügt. Der Erfolg erwies diese Besorgnisse glücklicherweise als irrig: Die Frequenz hat unter der Erhöhung des Schulgeldes nicht gelitten, in den unteren Klassen sich im letzten Jahre vielmehr so gesteigert, dass, wie schon beim Beginn des Schuljahres für die Sexta, so jetzt für die Vorbereitungsklasse eine Theilung in 2 Coetus in Aussicht genommen werden musste.

Die Eröffnung der Secunda Ostern vorigen Jahres machte eine Verstärkung des Lehrer-Collegiums nothwendig. Das Bedürfnis an Lehrkräften wurde theils durch den Eintritt des Schulamtscandidaten Herrn Dr. Bauch als wissenschaftlicher Hilfslehrer, theils dadurch gedeckt, dass der evangelische Religionsunterricht, der bis dahin von einem ordentlichen Lehrer der Anstalt gegeben worden war, mit Genehmigung der Oberaufsichtsbehörde durch den zweiten evangelischen Ortsgeistlichen, Herrn Vicar Werner, und als dieser, um ein Pfarramt in Niederschlesien zu übernehmen, gegen Michaelis Tarnowitz verliess, von seinem Nachfolger, Herrn Vicar Gemberg, übernommen wurde. Beiden Herren ist die Anstalt für freundliche Hilfsleistung zu Dank verpflichtet.

Weitere und tiefer eingreifende Aenderungen im Lehrer-Collegium traten zu Michaelis ein, wo der 2. ordentliche Lehrer Herr Stieff, der seit Eröffnung der Anstalt, Ostern 1870 an ihr gewirkt hatte, uns verliess, um eine ordentliche Lehrstelle an der Realschule zum heiligen Geist in Breslau zu übernehmen, und gleichzeitig der dritte ordentliche Lehrer Herr Dr. Montag einen 6 monatlichen Urlaub antrat, um, einem ehrenvollen Rufe der königlichen Regierung zu Oppeln Folge leistend, zunächst commissarisch die Verwaltung eines Kreis-Schulen-Inspectorats anzutreten. Da in diesen Tagen die definitive Anstellung erfolgt ist, so ist auch Herr Dr. Montag bereits als ausgeschieden aus dem Lehrer-Collegium unserer Anstalt zu betrachten. Der Unterzeichnete nimmt daher Gelegenheit auch ihm, wie Herrn Stieff für den hervorragenden Antheil, den sie an der gedeihlichen Entwicklung unserer Anstalt in deren ersten Lebensjahren genommen haben, hier nochmals die verdiente Anerkennung auszusprechen und zugleich den Wunsch, sie möchten in ihren neuen, von der früheren zum Theil so sehr verschiedenen Stellungen volle Befriedigung finden.

Zur Vertretung der Lehrstunden des Herrn Dr. Montag trat als wissenschaftlicher Hilfslehrer Herr Cand. Pietzker in das Collegium ein; die Stunden des Herrn Stieff dagegen, für den ein geeigneter Ersatz nicht mehr hatte beschafft werden können, konnten nur dadurch vertreten werden, dass wie schon im Sommer-, so auch im Winter-Semester von fast sämmtlichen Mitgliedern des Lehrer-Collegiums Mehrstunden übernommen wurden. Bei Eröffnung des Schuljahres hatte nämlich das sehr starke Contingent in Sexta neu eintretender Schüler die nicht vorher zu sehende Theilung dieser Klasse veranlasst. Um die für die neue Klasse erforderlichen Lehrkräfte noch im letzten Augenblicke zu gewinnen, mussten die vorhandenen stärker herangezogen werden. Durch Versetzung aus der oberen Abtheilung der Sexta nach Quinta ermässigte sich indess die Schülerzahl der Sexta zu Michaelis so weit, dass von da ab die Theilung der Sexta eingezogen werden konnte; die bis dahin für die neue Klasse ertheilten Mehrstunden wurden so für die Vertretung der durch den Abgang des Herrn Stieff fehlenden Lehrkraft disponibel. 4 *

Da somit die an der Anstalt vorhandenen Lehrkräfte im Winter- wie im Sommer-Semester aufs äusserste angespannt waren, liess sich eine weitere Vertretung in Erkrankungsfällen nur dadurch noch möglich machen, dass die Schülerzahl der beiden subordinirten Coetus der Tertia, die sonst in allen wissenschaftlichen Gegenständen getrennt unterrichtet werden, ihre zeitweise Combination vorläufig noch gestattet. Glücklicherweise musste nur einmal und kürzere Zeit davon Gebrauch gemacht werden, als im November Dr. Bauch durch rheumatische Erkrankung 1½ Wochen am Unterricht verhindert war. Sonst war der Gesundheitszustand des Lehrer-Collegiums fast durchweg ein vorzüglicher. Eine kurze Störung erlitt auch der Zeichenunterricht im Januar, wo Herr Maschinenmeister Sotzmann auf 14 Tage nach Beuthen zu den Geschwornen einberufen war.

Die Pfingstferien dauerten vom 1.—4. Juni. In demselben Monate fanden auch die herkömmlichen Klassenspaziergänge statt und zwar nahmen unter Führung der Ordinarien die Secunda und Ober-Tertia ihren Weg nach Neudeck und Beuthen, die anderen Klassen wanderten theils nach Miechowitz, theils nach Friedrichshütte. Die Sommerferien begannen mit Genehmigung des königl. Provinzial-Schul-Collegiums aus den oben entwickelten Gründen schon am 28. Juni.; am 27. Juli wurde der Unterricht und zwar in den neuen Schulräumen wieder aufgenommen. Der Sedantag wurde auch diesmal wieder wie im vorigen Jahre am Vormittag durch einen Festactus, wobei Herr Oberlehrer Dieckmann die Festrede hielt, am Nachmittag durch einen Auszug und Schauturnen im Reptener Park, dessen Benutzung der Besitzer, Herr Graf Guido Henkel Donnersmarck, mit bekannter Liberalität wieder gestattet hatte, gefeiert. Die Michaelisferien dauerten vom 27. September bis 12. October, die Weihnachtsferien vom 23. December pr. bis 7. Januar c. Censuren erhielten die Schüler in hergebrachter Weise am Schulschluss vor den Oster-, Sommer-, Michaelis- und Weihnachtsferien.

Leider haben wir aus dem verflossenen Schuljahre auch über zwei Todesfälle zu berichten. Am 2. Januar d. J. verstarb hier nach längerem Leiden der königliche Bergrath Herr Nehler, seit Begründung unserer Anstalt Mitglied und stellvertretender Vorsitzender des Realschul-Curatoriums. Ein Mann von vielseitiger Geistesbildung und regem Interesse für Erziehung und Unterricht im Allgemeinen wie für das Realschulwesen insbesondere hat er sich um die erste Entwicklung unserer Anstalt nicht wenig verdient gemacht, vornehmlich auch durch gastfreundliches Entgegenkommen in seiner Eigenschaft als Director der hiesigen Bergschule. Als es sich nämlich vor der Eröffnung der Realschule Ostern 1870 um die Unterbringung ihrer ersten Klassen handelte und die Schwierigkeiten, passende provisorische Schulräume zu beschaffen, unüberwindlich schienen, machte seine Bereitwilligkeit alle irgend entbehrlichen Räume des Bergschulgebäudes für Unterrichtszwecke der Realschule einzuräumen, der grossen Verlegenheit ein Ende. *) Aber auch sonst hat er während der 3¼ Jahre lang unserer Schule erwiesenen Gastfreundschaft, wie späterhin, derselben so zahlreiche Beweise seines Interesses und Wohlwollens gegeben, dass wir alle Ursache haben, seinen Tod schmerzlich zu bedauern. Friede seiner Asche! — Zu seinem Nachfolger im Realschul-Curatorium wurde von der Wohllöblichen Stadtverordneten-Versammlung der practische Arzt Herr Dr. med. Wolff gewählt. — Ein Schüler der Sexta,

---

*) Der Unterzeichnete benutzt die Gelegenheit, für die freundliche Zustimmung, welche diese Massnahme seitens der Patronatsbehörde der Bergschule seinerzeit gefunden, hiermit nochmals den gebührenden Dank auszusprechen.

Arthur von Schwanbach, einziger Sohn seiner Eltern, welcher der Anstalt seit Neujahr 1873 angehört hatte, verstarb, 11 Jahr alt, nach längerem Leiden an den Folgen des Scharlachfiebers. Es ist der erste Todesfall, den unsere junge Anstalt unter ihren Zöglingen zu beklagen hat. *) Der Gesundheitszustand ist sonst auch in diesem Jahre unter den Schülern ein recht günstiger gewesen.

Vom 5. bis 7. März wurde uns die Ehre eines Besuches seitens des Geheimen Regierungs- und Provinzial-Schul-Rathes Herrn Dr. Dillenburger aus Breslau zu Theil, der als Vertreter des Königlichen Provinzial-Schul-Collegiums, nachdem er das Decernat der Anstalt übernommen, sich mit den Verhältnissen der Anstalt bekannt zu machen wünschte, insbesondere aber die wissenschaftlichen Leistungen der Secunda als der obersten der zur Zeit vorhandenen Klassenstufen einer eingehenderen Revision unterzog, um danach zu befinden, ob der Anstalt das Recht der vom Staate anerkannten vollständigen Realschulen I. Ordnung, ihren Schülern nach Absolvirung des Jahres-Pensums der Unter-Secunda die Qualification zum einjährigen freiwilligen Militärdienst zu ertheilen im Sinne eines vom Director gestellten Antrages von Sr. Excellenz dem Herrn Minister schon jetzt zuerkannt werden könne. Ueber das Ergebnis wird im nächsten Jahres-Programm Bericht erstattet werden.

Sonnabend den 21. März findet eine Vorfeier des Geburtstages Sr. Majestät des Kaisers und Königs statt, wobei Herr College Gründler die Festrede halten wird.

VI. Frequenz.

Am Schlusse des Winter-Semesters 1872/73 war ein Schülerbestand von 140 in der Realschule, 40 in der Vorbereitungsklasse geblieben. Neu aufgenommen wurden Ostern 1873 incl. der 27 aus der Vorschule nach Sexta aufgestiegenen: 52 in die Realschule, 23 in die Vorschule. Während des Sommer-Semesters 1873 stellte sich die Frequenz, nach Klassen und Confessionen geordnet, wie folgt:

Sommer-Semester 1873.	Realschulklassen.							Real-schüler zu-sammen.	Vorbe-reitungs-klasse.	Schüler ins-gesammt.
	Unter-Sexta.	Ober-Sexta.	Quinta.	Quarta.	Unter-Tertia.	Ober-Tertia.	Secunda.			
Katholische	16	13	20	14	9	6	—	78	15	93
Evangelische	12	6	9	9	10	7	4	57	18	75
Jüdische	14	8	10	13	6	5	1	57	7	64
Summa	42	27	39	36	25	18	5	192	40	232

14 Schüler verliessen die Anstalt theils im Laufe theils am Ende des Sommer-Semesters, in derselben Zeit traten 8 neue ein, desgleichen 15 beim Beginne des Winter-Semesters: 1 in Quarta, 3 in Quinta, 2 in Sexta, die übrigen in die Vorbereitungsklasse.

---

*) Leider sollte es nicht der einzige in diesem Schuljahr bleiben. Am 15. März verstarb, ebenfalls im 12. Lebensjahre, der Schüler unserer Vorbereitungsklasse Karl Wolff, Sohn des practischen Arztes und Mitgliedes des Realschul-Curatoriums Herrn Dr. med. Wolff hierselbst und wurde, wie Arthur von Schwanbach von seinen Lehrern und Mitschülern, zur letzten Ruhestätte geleitet. Schmerzvolle Krankheit hatte Jahre lang an seinem jungen Leben gezehrt, ihn wiederholt Monate lang der Schule ganz entzogen, bis der Tod ihn von seinen Leiden, die schmerzerfüllten Eltern von der Qual, das geliebte Kind ohne Hoffnung auf Besserung so lange leiden zu sehen, erlöste.

Vier Realschüler gingen im Laufe des Winter-Semesters ab: 1 aus Tertia b, 1 aus Quarta, 2 aus Sexta, so dass zur Zeit folgende Uebersicht die Frequenz darstellt:

Am Schlusse des Schuljahres 1873/74.	Realschulklassen.						Real-schüler zu-sammen.	Vorbe-reitungs-klasse.	Schüler ins-gesammt.
	Sexta.	Quinta.	Quarta.	Unter-Tertia.	Ober-Tertia.	Secunda.			
Katholische	24	25	14	6	6	—	75	16	91
Evangelische	12	13	9	10	7	4	55	22	77
Jüdische	16	13	13	6	5	1	54	12	66
Summa:	52	51	36	22	18	5	184	50	234

VII. Sammlungen, Lehrapparate, Geschenke und Stiftungen.

Die Lehrerbibliothek wurde durch den Ankauf folgender Werke vermehrt: Höpfner und Zacher, Zeitschrift für deutsche Philologie 1873; Goedeke, Grundriss zur Geschichte der deutschen Dichtung I, II, III, 1, 2; Goetzinger, deutsche Dichter, 2 B.; Vilmar, Geschichte der deutschen National-Litteratur; Eberhard-Maas-Gruber, Versuch einer allgemeinen deutschen Synonymik, 6 B.; Tobien, Erklärung ausgewählter Gedichte von Schiller; Cholevius, Dispositionen und Materialien zu deutschen Aufsätzen I. B.; Monjé, Homers Ilias in Hexametern übersetzt; Semler, die aesthetische Erziehung und Homer als die Grundlage derselben; die Kriegspoesie der Jahre 1870—1871, 5 B.; Livius, edd. Weissenborn, 9 B.; Ovidii Fasti edd. Merkel; Ovid, von Lindemann, 3 B.; Ranke, Chrestomathie aus lateinischen Dichtern; Hartung, lateinische Sentenzen; Centralblatt für die gesammte Unterrichts-Verwaltung, Jahrg. 1873; Pädagogisches Archiv, Jahrg. 1873; Zeitschrift für mathematischen und naturwissenschaftlichen Unterricht von Hoffmann, Jahrg. 1873; Dühring, kritische Geschichte der Philosophie; Ueber nationale Erziehung, vom Verfasser der Briefe über Berliner Erziehung; Schleicher, die Darwinsche Theorie und die Sprachwissenschaft; Fechner, über die physikalische und philosophische Atomenlehre; Baltzer, Elemente der Mathematik, I. B.; Ziegler, Fundamente der Stereometrie; Berzelius und Mitscherlichs Lehrbücher der Chemie; H. Rose, Handbuch der analytischen Chemie; Schlossberger, Lehrbuch der organischen Chemie; Rammelsberg, Lehrbuch der Stöchiometrie; Rüdorff, Grundriss der Chemie; Lavoisier, physikalisch-chemische Schriften übers. von Weigel, 3 Bdchn.; Troschel, Handbuch der Zoologie; Ledebour, Flora rossica, 6 B.; Bronn, Lethaea geognostica 3 B. mit Atlas; Giesebrecht, Geschichte der deutschen Kaiserzeit IV, 1.; Carl Sachs, französisch-deutsches Wörterbuch; Euler-Kluge, Turngeräthe und Turneinrichtungen, derselben Lehrbuch der Schwimmkunst; Troschel, Monatsblätter für Zeichenunterricht, Jahrg. 1873; Militär-Ersatz-Instruction für den norddeutschen Bund, 1868 und Ergänzungen dazu 1872; die Fortsetzungen von Reymanns topographischer Specialkarte von Mittel-Europa II. Aufl. Geschenkt wurden der Lehrerbibliothek: vom Herrn Pfarrer Schmauss hierselbst: Holzwarth, Abfall der Niederlande, 3 Bde.; Onno Klopp, Tilly im dreissigjährigen Kriege, 2 B.; vom Herrn Buchhändler Cohn hierselbst: Magazin für die

Litteratur des Auslandes 80. und 81. B. Europa, Jahrg. 1872; das Ausland, Jahrg. 1871 u. 1872; vom Präsidium der schlesischen vaterländischen Gesellschaft die Acten derselben, Jahrg. 1873; vom Herrn Dr. Wolff hierselbst die Acten des Vereins für Geschichte und Alterthum Schlesiens 1874, soweit erschienen. Durch das Königliche Provinzial-Schul-Collegium wurden uns 312 Schul-Programme aus dem Jahre 1873 übermittelt.

Für die Schülerbibliothek wurden angeschafft: Thomé, Lehrbuch der Zoologie, desselben Lehrbuch der Botanik; Klopstocks Oden, hrsg. v. Dünzer; Simrock, Nibelungenlied; Voss, Homers Werke; Stacke, Erzählungen aus der Geschichte des Mittelalters; Gustav Freitag, die Journalisten; Otto, das Buch merkwürdiger Kinder; Bock, Bau, Leben und Pflege des menschlichen Körpers; Cholevius, practische Anleitung zur Abfassung deutscher Aufsätze. Geschenkt wurden der Schülerbibliothek: vom Herrn Buchhändler Cohn hierselbst Schulbücher im Werthe von 5 Thlrn. zur Benutzung für arme Schüler, vom Herrn Buchbindermeister Dittrich hierselbst: Buchner, deutsche Ehrenhalle.

Die naturwissenschaftlichen Sammlungen wurden theils durch Ankäufe theils durch Geschenke vermehrt. Angekauft wurde ein menschliches Skelet, 67 grosse Krystallmodelle von Pappe, eine Sammlung Ostseefische in Spiritus. Geschenkt wurden: Von Frau Sanitätsräthin Padiera hierselbst aus der Hinterlassenschaft ihres Gemahls die Knochen des Fuss- und Hand-Skelettes, 2 Becken, 1 Kinderschädel, desgl. der eines Erwachsenen; vom Herrn Oberlehrer Dr. Stenzel in Breslau über 100 zum Theil seltener Mineralien und Petrefacten; von dem verstorbenen Bergrath Nehler hierselbst Arsenikpräparate von Reichenstein; von dem königl. Steiger Herrn Schneider in Friedrichsgrube eine Anzahl dortiger Mineralvorkommnisse; vom Herrn Steiger Schön in Scharley das Ei von Meleagris gallopavo und Numida meleagris; von Herrn Revisor Rothmann ein sehr schönes Stück Schalenblende; von der Wiener Weltausstellung durch gütige Vermittelung der Herrn Bergrath Dr. Wedding und Berg-Assessor Kühn eine überreiche Auswahl von meist westfälischen Erzen und Hüttenproducten, Nassauer Phosphoriten und Stassfurther Stein- und Kalisalzen; von Herrn Maschinenmeister und Zeichenlehrer Sotzmann eine grössere Suite Conchylien; von Herrn Hüttenmeister Bausen ein grösseres Stück ungarischen Spatheisensteines; vom Herrn Lehrer Dostrzyll in Alt-Tarnowitz mehrere Mineralien; von Herrn Gastwirth Lausch hierselbst ein schönes Exemplar von Sparassis crispa und ein monströses Birkenstammstück (Ueberwallung); von Herrn Dr. Wolff hierselbst ein Stalactit von Brauneisenstein; von Herrn Oberlehrer Dieckmann ein Stück schwedischen Magneteisensteins, vom Tertianer Prieur I. 20 Vogeleier, vom Quintaner Tiralla 2 Sigillarienstücke, Schwefel- und Salzefflorescenzen vom Grubenfelde des brennenden Fannyflötzes.

Geschenkt wurden ausserdem für den Zeichenunterricht ein Stangenzirkel von dem Herrn Maschinenmeister Sotzmann, für den chemischen Unterricht ein eichenes Scheffel von dem Herrn Böttchermeister Czernej hierselbst.

Für alle diese Geschenke sagt der Unterzeichnete im Namen der Anstalt besten Dank.

Für den physikalischen Lehrapparat wurden bei Langhoff in Berlin angekauft: Electrisirmaschine nach Winter, 2 Leydener Flaschen, Funkenzieher, Isolirstuhl, Apparat die Electricität an der Oberfläche nachzuweisen, Goldblatt-Electroscop, Electrophor mit Fuchsschwanz, Voltasche Säule, Batterie von 4 Elementen nach Daniel, desgl. nach Bunsen, 2 Platin-Elemente nach Grove, Wasserzersetzungsapparat, galvanoplastischer Apparat, Electromagnet, Commutator nach Ruhmkorff, Tangentenboussole, Multiplicator nach Nobili mit astatischer Nadel, 10 Stück Geislersche Röhren, Conductorkugel auf isolirtem Messingfuss, Lanesche electrische Flasche, Entlader mit 2 Glasgriffen, Henleyscher Entlader, Glasstangen, Hartgummistange und Platte.

Der chemische Lehrapparat wurde besonders durch folgende Anschaffungen vermehrt: Kippscher Apparat, Gasometer von lakirtem Zinkblech, desgleichen von Glas, Danielscher Hahn, Bunsensche Lampe mit 3 Brennern, Wage mit Stativ, Gewichtskasten und zugehörigen Gewichten, Geislerscher Apparat zur Condensation der schwefeligen Säure, Tropfgefäss, gusseiserner und Diamantmörser, Stative, Chlorcalciumröhren, Blasetisch mit Gaslampe, Glas- und Porzellanrequisiten, Reagenzien etc. Für das chemische Laboratorium wurde ein Dampfdestillir-Apparat, ein Berzeliusscher Windofen mit Kapelle und Dom und ein Glühofen angeschafft.

Für den geographischen Unterricht wurde Jauss' Karte für die mathematische Geographie, für den Zeichenunterricht Hahns Ornamente I. und II. Sammlung und Langls historische Bildertafeln 1 — 15, die letzteren auch zur Benutzung für den Geschichtsunterricht angeschafft.

Für die Turnhalle wurden zur Ergänzung des Apparates neu geschafft: eine Tiefsprungtreppe, eine Hangelleiter, Klettergerüst nebst senkrechter Leiter, 130 Stäbe zu Stabübungen, 12 desgl. zum Stabhochspringen, 6 Paar Einsatzspringel und die dazu gehörigen gusseisernen Hülsen, 1 stellbarer Barren.

Stiftungen. Die Dividende des Clausa-Stipendiums für das Jahr 1872/73 im Betrage von 200 Thalern ist statutenmässig nach Beschluss der Lehrer-Conferenz Ostern 1873 unter folgende Schüler vertheilt worden: Oscar Berner, Hugo Kaltenbrunn, Fritz Katscher, Guido Dittrich und Joseph Scheyer in Secunda, Paul Haase, Robert Pech, Emil Puff in Ober-Tertia, August Bonk, Richard Bursig, Adolf Schnura, Eduard Merge in Unter-Tertia, Joseph Duda, Joseph Juretzek, Oscar Katscher, Theodor Sadlon, Paul Stephainski, Heinrich Stolarzik, Louis Triebel, Ignatz Czernej, Franz Kubusiok in Quarta, Joseph Mainka, Max Sander, Emanuel Scholtissek, Karl Wischnowsky, Johann Broll, Paul Flack, Wilhelm Malchow in Quinta, Hermann Leisner, Heinrich Lux in Sexta. Die Zinsen des allgemeinen Stipendienfonds und des der Gleiwitzer Maurer- und ZimmermeisterInnung zusammen im Betrage von 8 Thlr. 15 Sgr. 9 Pf. erhielten die Quartaner Oskar Kotzulla und Richard Bursig in Unter-Tertia.

Bekanntmachungen.

Ordnung der öffentlichen Prüfung.

Dieselbe findet Freitag, den 27. März in der Aula des Realschulgebäudes statt.

Vormittags 8 Uhr: Motette von Rhode: „Zage nur nicht."

Quarta: Geschichte. Ordentl. Lehrer Gründler.

Naturbeschreibung. Ordentl. Lehrer Kutzi.

9 Uhr: Unter-Tertia. Englisch. Oberlehrer Oyen.

Geographie. Wissenschaftl. Hilfslehrer Dr. Bauch.

10 Uhr: Ober-Tertia. Latein. Oberlehrer Dieckmann.

Geometrie. Wissenschaftl. Hilfslehrer Pietzker.

11 Uhr: Secunda. Chemie. Der Director.

Französisch. Oberlehrer Oyen.

Nachmittags 3 Uhr: Vorbereitungsklasse: Deutsch. Lehrer Hentschel.

3½ Uhr: Sexta: Rechnen. Ordentl. Lehrer Kutzi.

4 Uhr: Quinta: Latein. Ordentl. Lehrer Gründler.

An die Prüfungen der einzelnen Klassen werden sich folgende Declamationen und Gesänge anschliessen:

Vormittags. Aus IV.: Oscar Katscher: „Böser Markt.“ Von Chamisso.

Aus III., b.: Ernst Kuhnert: „Mummelsees Rache“. Von Schnetzler.

Eduard Merge: „Le roi des aunes, imité de l'allemand de Goethe. Par Emile Deschamps.

Aus III, a.: Samuel Ritter: „Ver sacrum.“ Von Uhland.

Otto Liebeneiner: „The light of Stars.“ By Henry Longfellov.

Aus II.: Joseph Scheyer: „Der Spaziergang.“ Von Schiller.

Fritz Katscher: „Le Corse.“ Par Barbier.

Nachmittags. Gesänge der 2. und 3. Gesangsklasse:

1. Der Nachtigall Antwort. Volksweise. Text von Hoffmann von Fallersleben.

2. Wanderschaft. Volksweise. Text von Emanuel Geibel.

3. Die grünen Vögelein. Von Gersbach. Text von Friedrich Rückert.

Aus VI.: Ernst Wimmer: „Der Geburtstag des Esels.“ Von Holting.

Aus V.: Abraham Pese: „Die Nothglocke.“ Von Kopisch.

I. Gesangsklasse: „Winterlied.“ Von Mendelsohn — Bartholdy.

„Das treue deutsche Herz.“ Von J. Otto.

„Abendchor aus dem Nachtlager von Granada.“ Von Kreutzer.

Schlussworte des Directors.

Motette von Kunze: „Singet dem Herrn.“

Neuer Lehr-Cursus.

Das neue Schuljahr beginnt Montag den 13. April. Freitag vorher, den 10. werden die neuangemeldeten Schüler geprüft: von 8 Uhr für die Realschulklassen, Sexta bis Secunda, von 9 Uhr für die Vorbereitungsklassen, Septima und Octava. In die letztere werden auch Knaben ohne Schulkenntnisse, doch nicht vor vollendetem 6. Lebensjahre aufgenommen. Von allen Schülern wird die Beibringung eines Impfscheines, beziehungweise, wenn sie das 12. Lebensjahr überschritten haben, der Nachweis der Revaccination gefordert.

Schüler, die bereits eine andere öffentliche Anstalt besucht, haben das Abgangszeugnis derselben vorzulegen.

Director **Dr. Wossidlo.**